J. T. Sabo

Die Schattenkriegerhexe

Drachenmond Verlag

DRACHENMOND VERLAG

Astrid Behrendt
Rheinstraße 60
51371 Leverkusen
http: www.drachenmond.de
E-Mail: info@drachenmond.de

Satz, Layout, Bildbearbeitung:
Astrid Behrendt, Leverkusen
Illustrationen: Shutterstock 221198512, AKV
Umschlaggestaltung: Sarah Buhr, www.covermanufaktur.de
Druck: EuroPB, Tschechien

ISBN 978-3-95991-033-0

Für meine drei Jungs.

Ich liebe euch.

1685

»Verdammt noch mal! Du tust, was ich dir sage. Du heiratest Mairead.«

Connlan versteifte sich und ballte die Hände. »Ich heirate Mairead MacDonald ganz sicher nicht.«

Vaters Faust krachte auf die Tischplatte und Connlan zuckte zusammen. Der Schlag hallte laut durch den Saal, während sich das Holz bedenklich bog und die Becher zum Schwanken brachte. »Das ist keine Bitte!«

Connlan senkte den Blick. Natürlich nicht. Chief Roderick MacLeod bat nicht, er befahl. Und niemand widersetzte sich seinen Befehlen. Selbst er wagte es im Allgemeinen nicht und schon gar nicht, wenn der alte Herr sich in einer so reizbaren Stimmung befand. Doch bei dieser Angelegenheit verhielt es sich anders. Immerhin ging es um seine Zukunft. Und zur Hölle noch mal, heiraten war das Letzte, was er wollte. Nur weil der alte Herr gerade mal zwanzig Winter zählte, als dieser sich vermählte, hieß das nicht, er müsse ihm nacheifern. Natürlich war das Thema Heirat heute nicht zum ersten Mal gefallen. Ganz im Gegenteil. Bereits vor zehn Jahren hatte Vater das Thema zur Sprache gebracht, am Abend seines zwanzigsten Wiegenfestes. Seit dem lag er ihm ständig in den Ohren, sich endlich ein Weib zu nehmen und für Nachwuchs zu sorgen, damit die Erbfolge gesichert war. Doch bis jetzt hatte der alte Herr es ihm noch nie befohlen. Allerdings handelte es sich bei dieser Heirat nicht um die Erbfolge. Nein. Hier ging es einzig und allein um Politik. Vater wollte ihn als Unterpfand für den Frieden mit dem MacDonald Clan verschachern. Aber er war noch nicht bereit, sich mit einer Frau zu belasten und erst recht nicht mit dieser. Allein der Gedanke an dieses Weibsbild bescherte ihm Übelkeit. Einmal war er ihr begegnet und noch jetzt verursachte ihm ihre schrille Stimme eine Gänsehaut. Nein, unter gar keinen Umständen heiratete er diese Person. Und genau das würde er Vater jetzt noch einmal in aller Deutlichkeit mitteilen. Also straffte er die Schultern und hob den Kopf. »Du glaubst doch nicht ernsthaft, ich könnte mit dieser dürren, knollennasigen, orangehaarigen Vogelscheuche das Bett teilen?«

Sein alter Herr schnellte in die Höhe, stützte sich mit beiden Händen auf der Tischplatte ab und lehnte sich ihm entgegen. Seine Lippen bildeten einen dünnen Strich, während sich das Gesicht allmählich dunkelrot färbte und die Ader an der linken Schläfe besorgniserregend hervortrat.

Kein gutes Zeichen.

Zwischen zusammengebissenen Zähnen presste Vater schließlich hervor: »Bei Nacht sind alle Katzen grau. Also stell dich gefälligst nicht so an.«

»Warum vögelst du sie nicht?« Die Worte sprudelten heraus, bevor sein Verstand einsetzte.

Mit einem Satz sprang Vater hinterm Tisch hervor und verpasste ihm eine Maulschelle. Brennender Schmerz breitete sich von der Stelle aus und er schmeckte Blut. Langsam hob er die Hand und wischte mit dem Handrücken über die aufgeplatzte Lippe.

In Vaters Augen funkelte es gefährlich, während er mit beherrschter Stimme sagte: »Du wirst morgen beim Essen deine Verbindung mit Mairead bekannt geben. Das ist mein letztes Wort. Hast du mich verstanden?«

In Connlans Fingern kribbelte es. Doch anstatt zurückzuschlagen, ballte er sie mit aller Kraft zusammen, bis es schmerzte. Bevor er eine nicht wieder gutzumachende

Dummheit beging, drehte er sich auf dem Absatz herum und stürmte aus dem Saal.

»Connlan!«

Er ignorierte den Ruf. Missachtete den Befehl, der darin schwang. Lief, ohne innezuhalten weiter. In seinem Innern brodelte ein Vulkan, und wenn er blieb, käme es unweigerlich zur Katastrophe. Er riss die Tür auf und warf sie mit lautem Knall hinter sich zu. Mit ausgreifenden Schritten überquerte er den Hof und hielt auf die Stallungen zu. Hugh sah ihn bereits von Weitem und flitzte auf dürren Beinen, flinker als ein Wiesel, in den Stall. Connlan musste nicht lange warten, bevor der Junge mitsamt Deamhan wieder im Hof erschien. Strahlend überreichte Hugh ihm die Zügel, doch diesmal hatte er für den Sohn des Stallmeisters keine Dankesworte übrig. Zu sehr kochte die Wut in ihm. Er wollte nur weg. Am besten so weit wie möglich, damit er dieser verhassten Ehe entgehen konnte. Seine Stimmung griff auf Deamhan über und der Hengst fing an, nervös zu tänzeln. Unruhig warf er den Kopf auf und ab und schnaubte. Connlan klopfte dem Rappen zur Beruhigung den Hals, dann schwang er sich in den Sattel und bohrte ihm die Fersen in die Flanken. Wie eine überspannte Bogensehne schoss Deamhan zum Tor hinaus und ließ die Burg schnell hinter sich.

Die Landschaft flog als grüne Schlieren vorbei. Allmählich beruhigte sich Connlans Puls und er drosselte die Geschwindigkeit. Was tat er da? Wenn er wirklich vor der Ehe mit Mairead floh, konnte er nie wieder zurück nach Dunvegan Castle. Er wäre ein Ausgestoßener seines Clans.

Wollte er das?

Welche Alternative war schrecklicher? Eine Ehe mit Mairead oder heimatlos? Wenn seine Wahl auf Letzteres fiel, verlor er alles. Entschied er sich dagegen, Mairead zu ehelichen, hieß das nicht zwangsläufig, er müsse sich für den Rest seines Lebens mit ihr befassen. Immerhin brauchte er ihr nur so lange beiwohnen, bis sie ein Kind unter dem Herzen trug und mit ein bisschen Glück war das mit ein paar Mal getan. Und mit ein wenig hochprozentiger Unterstützung dürfte es durchaus zu bewerkstelligen sein. Danach konnte er sie dann bis auf ein paar Ausnahmen ignorieren. Darüber hinaus stellte sich natürlich die wesentlich dringlichere Frage, ob er dem Clan gegenüber dermaßen verantwortungslos handeln und ihn ohne Weiteres im Stich lassen konnte. Ob er wirklich dafür verantwortlich sein wollte, die Aussicht auf das Ende der mehr als ein Jahrhundert andauernden Blutfehde zu zerstören.

Er schloss die Augen. Nein. Weder wollte noch konnte er das. Auch wenn Vater ihm ständig Verantwortungslosigkeit vorwarf. Und damit war die Sache für ihn entschieden. Er würde dem Befehl seines Vaters nachkommen und diese verdammte Verbindung eingehen, um den Frieden sicherzustellen. Doch nicht gleich. Vorher würde er sich noch einen Besuch bei seinen Freunden Fearghas und Jamie im nahegelegenen Dorf genehmigen. Es schadete nichts, den alten Herrn eine Weile warten zu lassen. Das hatte er verdient. Wenn er seine Kapitulation am Abend verkündete, war das noch früh genug.

»Hal'schill und lass mich aufscheigen.« Connlan schwang ein Bein über Deamhans Rücken, schaffte es aber nicht, sich nach oben zu ziehen und landete schmerzhaft auf dem Hinterteil.

»Scheische!«

Der Hengst machte einen Satz und rannte dann bockend davon. »Komm gefälligst schurück!«

Doch Deamhan dachte nicht daran, seinem Befehl Folge zu leisten. Undankbares Mistvieh. Jetzt musste er sich zu Fuß auf den endlosen Weg zur Burg begeben. Connlan stemmte sich auf die Beine. Der Boden unter seinen Füßen schwankte wie ein Schiff auf rauer See. Und dieser verdammte Drecksnebel verschluckte das Mondlicht. Der Weg hätte eigentlich deutlich vor ihm liegen müssen, doch so konnte er nicht einmal eine Armlänge weit sehen. Ständig stolperte er über irgendeine Unebenheit des Bodens. Doch er war ein Glückspilz, denn er konnte sich jedes Mal im letzten Moment abfangen, bevor er im Dreck landete. Plötzlich stieß er gegen etwas Weiches und prallte zurück. Halt suchend krallte er sich daran fest. Zum Teufel noch mal, wo kam dieses Hindernis her? Lavendelduft umfing ihn und er fühlte feinen Seidenstoff unter den Händen. »T'schuldihung«, lallte er und ließ los.

Schlanke Finger legten sich wie Schraubstöcke um seine Oberarme. »Hey!«, stieß er protestierend aus. Er versuchte, sich aus dem schmerzhaften Griff zu winden. Doch die Finger ließen sich partout nicht abschütteln. Als sei er nichts weiter als ein schwächlicher Knabe, zog die Frau ihn dicht an sich heran.

»Was soll das?« Connlan hob die Arme, drehte sie, doch es half nichts. Je mehr er sich wehrte, desto fester schloss sich der Griff, wie Schlingen, die sich bei jeder Bewegung enger zogen. Ein stechender Schmerz durchzuckte ihn und seine linke Halsseite fing augenblicklich Feuer. Er wich zurück. Sofort schlang sich ein Arm um ihn, raubte ihm die letzte Bewegungsfreiheit. Sein Gesicht wurde gegen eine Schulter gepresst und er bekam keine Luft mehr. Während sich in seinem Mund ein metallischer Geschmack ausbreitete, drehte sich die Welt um ihn immer schneller. Er musste sich aus dieser todbringenden Umarmung befreien. Auf der Stelle. Seine Hände schoben sich zwischen ihrer beider Körper, stemmten sich mit aller Kraft gegen den Brustkorb der Frau. Vergeblich. Nicht einen Millimeter Abstand konnte er gewinnen. Er verdoppelte die Anstrengungen ohne Ergebnis. Immer schneller saugte sie das Leben aus seinen Adern. In seinem Gehirn breitete sich ein dumpfes Gefühl aus, verdichtete sich allmählich zu einer zähen Masse. Er brachte keinen zusammenhängenden Gedanken mehr zustande. Seine Knie wurden weich. Sämtliche Kraft strömte aus seinen Muskeln und er sackte in sich zusammen. Dunkelheit legte sich gnädigerweise über sein Bewusstsein. Dankbar versank er darin.

2015

Einsam … verlassen … allein. Connlan rieb sich mit Daumen und Zeigefinger über die Nasenwurzel. Nein, das stimmte nicht ganz. Seufzend ließ er die Hand sinken. Allein war er nicht mehr. Jedenfalls nicht, was die letzten zwanzig Jahre betraf. Zwanzig Jahre. War es tatsächlich schon dermaßen lange her, dass er auf Dennis getroffen war? Gott, wie die Zeit verflog. Ihm kam es gar nicht so lange vor. Nun ja, für seinesgleichen bedeutete es wohl eher einen kurzer Augenblick, denn eine langen Zeitspanne. Er erinnerte sich genau daran, als wäre es gestern gewesen. An jenem Januartag hatte kalter Wind dunkle Wolkenberge vor sich hergetrieben. Das Licht hatte dadurch diesig gewirkt und alles in ein trostloses Grau getaucht – so wie heute. Er war eine Straße entlanggewandert, auf der sich weit und breit nicht eine Menschenseele befand, als plötzlich Stimmen die Stille durchschnitten. Sie kamen aus einer Seitengasse und stammten von mindestens vier Personen. Sie lachten und johlten, dabei verspotteten sie irgendeinen armen Kerl und schienen ihn obendrein auch noch zu verprügeln. Doch das war nicht sein Problem. Grundsätzlich mischte er sich nicht in die Angelegenheiten der Menschen ein, denn das brachte nur Schwierigkeiten mit sich. Er beschleunigte seine Schritte und stellte die Ohren auf Durchzug.

»War das schon alles, ihr verdammten Dreckschweine!?«

Trotzige Herausforderung schwang in der Stimme mit und ließ ihn zögern. Sollte er nachsehen? Nein, sollte er nicht. Was ging ihn ein Menschenleben an? Nichts. Ach, verdammt! Er drehte um, ging die paar Meter zur Seitengasse zurück und bog in sie ein. Weit musste er nicht gehen, bevor er sie sah. Vier Jugendliche droschen und traten auf einen Jungen ein. Der etwa Zehnjährige wehrte sich verbissen. Die meisten seiner Schläge trafen allerdings nicht. Er besaß Kampfwillen, doch es scheiterte an der Technik. Viel zu ungenau und willkürlich setzte er seine Fäuste ein. Hinzu kam, dass er nicht sonderlich kräftig war und sich mit diesem Herumgefuchtel unnötig verausgabte.

Connlan sog die schneidend kalte Luft tief in die Lungen. Was tat er hier? Er sollte schleunigst machen, dass er wegkam. Diese ganze Angelegenheit ging ihn nichts an. Warum war er überhaupt hierhergekommen? Er wollte sich abwenden, beging aber den Fehler, einen Blick auf das Gesicht des Jungen zu werfen. Stahlblaue Augen brannten sich in seine, hielten ihn an Ort und Stelle. Innere Stärke gepaart mit Trotz stand darin. Wie zuvor in der Stimme. Genau diese Kombination war es gewesen, die ihn hatte umkehren lassen. Die tief in seinem Inneren etwas berührt hatte. Bevor er darüber nachdenken konnte, schrie er die Jugendlichen an. Sie fuhren wie von der Tarantel gestochen herum. Mit großen Augen starrten sie ihn an, dann rannten sie in die entgegensetzte Richtung davon. Feiglinge.

Vorsichtig näherte er sich dem Jungen, der ihn aus wachsamen Augen taxierte. Sein strohblondes Haar stand wild vom Kopf ab und er blutete stark aus mehreren Platzwunden. Der metallisch-süße Geruch stieg Connlan aufreizend in die Nase und löste das altbekannte, schmerzhafte Ziehen im Kiefer aus, welches das Hervorsprießen der Reißzähne ankündigte. Verlockend hallte der Herzschlag des Jungen in seinen Ohren und er sah die Adern deutlich unter der vor Dreck starrenden Haut pulsieren. Er ignorierte das Verlangen, seine Zähne in das zarte Fleisch zu senken. Rang den Hunger und die aufkommende Gier nieder. Viel zu lange hatte er nichts mehr zu sich genommen. Ein fataler Fehler. Er befand sich in einem äußerst gefährlichen Zustand. Nicht für sich wohl gemerkt, aber für die Menschen um ihn herum. »Das sollte sich ein Arzt ansehen«, sprach er den Jungen mit leiser Stimme an.

»Danke, ich komme allein zurecht.«

»Auf gar keinen Fall. Das sieht nicht gut aus. Ich bring dich in ein Krankenhaus.«

»Nein!« Panik zeichnete sich in den Augen des Jungen ab. »Bitte nicht«, setzte er leiser hinzu.

»Wie heißt du?«

»Dennis.«

»Also gut, Dennis. Die Wunden müssen versorgt werden.«

»Ich … ich kann in kein Krankenhaus gehen«, flüsterte Dennis.

Connlan schloss die Augen. Ein Ausreißer. Hervorragend. Niemand würde den Jungen so schnell vermissen, wenn er die Kontrolle … nein. Dennis verdiente ein solches Ende nicht und er tötete keine Menschen und schon gar keine Kinder. Er würde einen Teufel tun und jetzt damit beginnen. Das Beste wäre, wenn sich ihre Wege hier trennten. Doch das konnte er mit seinem Gewissen nicht vereinbaren. Der Junge brauchte Hilfe und das in jeder Hinsicht. »In Ordnung, Dennis, kein Krankenhaus. Ich nehm dich mit zu mir. Dort kann ich mich um die Verletzungen kümmern.«

Dennis nickte und seine Augen sahen vertrauensvoll zu ihm auf. Das war der Beginn ihrer Freundschaft gewesen.

Eben jener Freund stürmte jetzt zur Tür herein und ließ sich schwerfällig auf das anthrazitfarbene Sofa plumpsen. »Hallo Mac«, grüßte er lässig. »Sag bloß, du bläst schon wieder Trübsal.«

Connlan wandte sich vom Fenster ab und ließ die Gardine sinken. »Nein, gar nicht.«

Dennis zog eine Augenbraue in die Höhe. Ein sicheres Zeichen, dass er ihm kein Wort glaubte. Wie üblich las sein Freund in ihm wie in einem offenen Buch. Es gab eben niemanden, der ihn so gut kannte, nicht einmal Brenda hatte es getan.

»Sicher doch. Bis eben hast du ausgelassen gefeiert. Ach Mann, ich hätte darauf bestehen sollen, dass du mich begleitest. Du hättest dich köstlich amüsiert.«

»Hätte ich?«

»Jupp, zu hundert Prozent. Auch wenn es auf meine Kosten ging.«

»Ehrlich?«

»Gott, bist du wieder gesprächig. Und ja, die Jungs haben sich krankgelacht. Jetzt haben sie etwas, dass sie mir die nächsten dreißig Jahre unter die Nase reiben können. Was soll ich sagen? Ich bin selbst schuld. Warum musste ich auch mit ihnen diese Wette abschließen?«

Dennis seufzte übertrieben, ließ Schultern und Kopf hängen und verzog das Gesicht, als wolle er jeden Augenblick in Tränen ausbrechen.

Connlan verdrehte die Augen. So ein Schafskopf. Geschah ihm ganz recht. Warum wettete er auch ständig mit den dreien? Das hatte sich mittlerweile zu einem regelrechten Sport entwickelt und nervte manchmal gewaltig. Auf der anderen Seite sorgte es aber auch häufig für heitere Momente. Was es wohl diesmal war? Es hatte garantiert mit einer Frau zu tun. Er konnte ihren Duft an Dennis wahrnehmen. Pfirsich mit einem Hauch Vanille.

»Was ist passiert?«

Dennis hob eine Hand und ließ sie geräuschvoll auf den Oberschenkel fallen. »Du wirst es mir nicht glauben.«

»Ach, tue ich nicht?«

Dennis ignorierte den Einwurf, lehnte sich nach vorne und sprach mit verschwörerischer Stimme: »In Ordnung. Hör zu. Ich hab dir doch erzählt, dass Georg, Marvin und Mirko einmal die Woche in dieses Dojo hier im Ort trainieren gehen.«

Connlan nickte.

»Habe ich dir gesagt, dass ihr Trainer zurzeit eine Frau ist?«

Na bitte, es hatte mit einer Frau zu tun. Er konnte sich eben auf seinen Geruchssinn verlassen. Da Dennis eine Antwort erwartete, schüttelte er den Kopf.

»Natürlich musste ich sie damit aufziehen, du weißt schon, von wegen sich von einer Braut vermöbeln lassen und so. Doch sie meinten, ich solle meinen Mund nicht so weit aufreißen, ich würde keine zwei Sekunden gegen sie bestehen. Da ich aber ganze fünf Sekunden gegen dich durchhalte, dachte ich, es wäre ein Kinderspiel. Ich Blödmann ließ mich auch noch von ihrer zierlichen Figur beeinflussen.«

»Lass mich raten, du hast die zwei Sekunden nicht geschafft.«

»Ich glaube, ich habe nicht mal eine geschafft.« Dennis Stimme klang zerknirscht.

Connlan brach in Lachen aus. »Verdammt! Ja, das hätte ich zu gerne gesehen. Dennis bekommt den Hintern von einer Frau versohlt.« Ein Anblick, der bestimmt mehr als köstlich gewesen war.

Dennis verdrehte die Augen, musste aber grinsen. »Und was für eine Frau! Ein wahnsinns Leckerbissen, direkt zum Anbeißen. Oh, entschuldige, du weißt ja, was ich meine.«

Connlan wischte nichtssagend mit der Hand durch die Luft. »Sicher! Blond, blauäugig, braun gebrannt, ein richtiger Cheerleader eben«, spottete er.

»Nein, nein, gar nicht«, wehrte Dennis ab. »Mahagonifarbenes Haar, smaragdgrüne Augen und total blass.«

Bitte? Das war ja mal was gänzlich Neues. Dennis geriet bei einer Frau ins Schwärmen, die nicht zu der von ihm genannten Kategorie zählte. Unglaublich. Das sollte er rot im Kalender anstreichen.

»Wie dem auch sei, ich treffe mich gleich mit den Jungs im Sullivan, Wettschulden einlösen. Kommst du mit?«

Raus? Jetzt? Das hieß Menschen um sich, eine Menge Menschen, viele davon alkoholisiert. Allesamt leichte Beute. Er würde sich wie Odysseus fühlen, nur mit dem Unterschied, nicht an einem Mast festgebunden zu sein. Es war vielleicht keine gute Idee, sich heute einem solchen Sirenengesang auszusetzen. Nicht, wenn seine Natur mit aller Macht hervorbrechen wollte und das Verlangen nach einer Jagd fast übermächtig schien. Doch wie immer bemerkte Dennis seinen Rückzug sofort.

»Ach, komm schon Mac, ein bisschen Gesellschaft tut dir gut. Zum Grübeln bleibt dir noch genügend Zeit. Davon hast du ja mehr als ausreichend. Außerdem würden die Jungs sich freuen, dich mal wieder zu Gesicht zu bekommen und ich passe auf dich auf.« Dennis erhob sich vom Sofa und blickte ihn erwartungsvoll an.

»Also gut, von mir aus«, gab er nach. Dennis ließ sowieso nicht locker, und wenn er sich weigerte, blieb sein Freund ebenfalls daheim. Sobald er sich in dieser Stimmung befand, bestand Dennis darauf, ihm Gesellschaft zu leisten. Also klaubte er seine Jacke von der Garderobe.

»Super!«, rief Dennis und angelte in der Hosentasche nach dem Autoschlüssel.

*

Jowna zog die Mütze tiefer in die Stirn. Shit, war das kalt. Dieser Dreckswind wurde von Stunde zu Stunde arktischer. Oder bildete sie sich das nur ein? Gut möglich. Immerhin lief sie seit geschlagenen fünf Stunden durch diesen idiotischen Park und die angrenzenden Straßen. Doch so wie es aussah, fror sie sich völlig umsonst den Hintern ab, denn bisher war ihr keine Menschenseele begegnet. Na ja, was um drei Uhr morgens nicht wirklich verwunderte. Wer war schon so dämlich, um diese gottverlassene Zeit bei Minusgraden im Schnee umherzuwandern? Kein vernünftiger Mensch. Allerdings standen die auch nicht auf ihrer Liste. Also gut, sie würde noch eine Runde drehen und dann reichte es für heute. Sie hatte nämlich die Nase gestrichen voll und sehnte sich nur noch nach ihrem weichen Bett und der warmen Daunendecke. Sie vergrub die Hände tiefer in den Taschen und bog nach links in den Weg, der am Friedhof vorbeiführte.

Der Mond schien in voller Pracht von einem sternenklaren Himmel und erhellte die Umgebung. Bäume und Sträucher malten bizarre Schatten auf das glitzernden Weiß des Bodens. Außer dem Knirschen ihrer Schritte im Schnee drang kein weiterer Laut an ihr Ohr. Sie hatte beinahe die Friedhofsmauer erreicht, als ein Kribbeln über ihr Rückgrat lief und sich die feinen Härchen auf der Haut aufstellten. Na so was, da lief ihr dieser Mistkerl ja doch noch über den Weg.

Unauffällig schaute sie sich um, während ihre Hand nach dem Pflock in der Jackentasche tastete. Wo steckte dieser Blutsauger bloß?

Verdammt, jetzt zeig dich! Ich will endlich in mein Bett.

Im Augenwinkel nahm sie eine Bewegung wahr und schnellte herum. Ein Schatten jagte in rasender Geschwindigkeit auf sie zu. Mit dem linken Fuß ging sie einen halben Ausfallschritt nach hinten und verschaffte sich einen besseren

Stand. Ihre Finger umschlossen das Holz fester. Zogen es aus der Tasche.

Dann wollen wir mal ein Tänzchen wagen.

Kurz bevor der Schatten sie erreichte, schoss ein zweiter heran. Jowna zuckte zusammen. Scheiße, zwei? Normalerweise jagten diese Mistschweine doch alleine. Jetzt nur nicht die Nerven verlieren, Jo. Zwei waren machbar, solange nicht noch ein Ditter oder gar ein Vierter auf der Bildfläche auftauchte, die wären dann wirklich eine Herausforderung.

Mit einem dumpfen Klatschen prallten die Vampire aufeinander. Was zum Geier …? Nur einen Wimpernschlag später verschwanden die Blutsauger hinter einem Gestrüpp. Das Kribbeln an ihrer Wirbelsäule schwächte ab und hörte schließlich ganz auf. Sie lauschte in die Stille, versuchte, die Schatten mit Blicken zu durchdringen. Nichts. Vorsichtig ging sie auf das Gestrüpp zu und spähte dahinter. Doch weit und breit nicht das kleinste Anzeichen von ihnen.

Was zum Kuckuck ging hier vor? Weshalb hatten die beiden nicht angegriffen? Zumindest war genau das die Absicht des ersten Vampirs gewesen. Doch wieso hatte der andere ihn attackiert? Territorialkämpfe? Das fehlte noch. Blutsauger, die sich hier in der Stadt häuslich niederließen, konnte sie so gut gebrauchen wie Bauchweh. Jowna steckte den Pflock zurück in die Jackentasche. Es reichte, wenn diese Leichenproduzierer hier einen Zwischenstopp einlegten, bevor sie die Alpen auf ihrem Weg in die Karpaten passierten. Dort, genauer gesagt in Siebenbürgen, lebte eine große Gruppe von ihnen. Was durchaus Sinn ergab, denn in Transsilvanien lag der Ursprung der Vampire. Allerdings zogen die meisten ein Nomadenleben vor. So waren sie sicherer vor Jägern. Obwohl die Anzahl der Jäger schwindend gering war. Gerade heutzutage gab es so gut wie keine mehr, da kaum noch ein Mensch an Vampire glaubte, und noch viel weniger Menschen wussten, dass es wirklich welche gab.

Sie hingegen jagte diese Kreaturen schon ihr halbes Leben lang, genauer gesagt, seit sie vierzehn Jahre alt war. Da hatte Onkel Li sie zum ersten Mal mit auf die Jagd genommen, nachdem er sie zuvor zehn Jahre lang im Nahkampf ausgebildet hatte.

Da die beiden Vampire verschwunden waren und sie stark bezweifelte, dass sie heute noch einmal auftauchten, machte sich Jowna auf den Heimweg.

Am Haus angelangt, zog sie den Schlüssel aus der Hosentasche und schloss die Haustür auf. Lautlos schlüpfte sie in den Flur, zog Schuhe und Jacke aus, dann schlich sie auf Zehenspitzen nach oben. Wenn Paps sie heute erwischte, käme sie in Erklärungsnot, da ihre einzige Ausrede, ihre beste Freundin Kathrin, im Gästezimmer nebenan schlief. Sicher, verbieten konnte er ihr nichts. Sie war erwachsen. Doch noch immer sah Paps in ihr das kleine Mädchen, das viel zu früh die Mutter verloren hatte und das es zu beschützen galt. Lächerlich angesichts der Tatsache, dass sie Vampire jagte.

Gab es was Gefährlicheres? Eigentlich nicht.

Sie schnaufte. Wie viel einfacher wäre es, wenn er die Wahrheit wüsste. So manch ein Streit bliebe ihr erspart. Doch aufgrund seiner Einstellung war das unmöglich. Gott sei Dank besaß er einen tiefen Schlaf.

In ihrem Zimmer streifte sie die Kleidung ab und warf sie achtlos zu Boden, dann fiel sie todmüde ins Bett.

Nebel, überall Nebel. Undurchdringlich. Kalt. Er umhüllte sie, benetzte Gesicht und Kleidung. Sie schauderte. Zog den Umhang fester. Ihre Schritte hallten dumpf und fremd in der Nacht. Ein Kribbeln kroch ihr Rückgrat entlang. Hastig blickte sie sich um. Nichts. Nur graue Dunkelheit. Die Umgebung wirkte surreal, wie eine fremde Welt. Ihr Herz hämmerte wild gegen die Rippen. Eilig lief sie weiter. Ein bleiernes Gewicht legte sich auf ihre Brust. Jeder Atemzug fiel schwerer, bis kaum noch Luft in die Lungen strömte. Schweiß überzog ihre Haut, ließ sie noch mehr frösteln. Der kalte Atem des Todes streifte ihren Nacken, verursachte eine Gänsehaut. Abrupt blieb sie stehen. Vor ihr verdichtete sich ein schemenhafter Schatten in dem dunklen Grau. Langsam kam er auf sie zu. Ein Schrei bahnte sich den Weg über die Kehle nach oben …

Jowna schreckte aus dem Schlaf auf. Das Haar klebte ihr in Nacken und Gesicht und ein immer wiederkehrendes Zittern durchlief ihre Gliedmaßen. Himmel, sie hatte lange keinen Albtraum mehr gehabt und schon gar nicht so einen. Es war, als hätte sie tatsächlich in diesem Nebel gestanden. Die Tür flog auf, und eine vom Schlaf zerzauste Kathrin stürmte ins Zimmer. »Was ist passiert?«

»Nichts, ich habe nur schlecht geträumt«, antwortete Jowna noch etwas kurzatmig.

Sofort war Kathrin am Bett und ließ sich im Schneidersitz am Fußende nieder. »Doch nicht etwa wieder der Albtraum vom Tod deiner Mutter? Ich dachte, den hättest du hinter dir gelassen.«

»Hab ich auch. Es war ein anderer Traum.«

»Möchtest du ihn mir erzählen?«

Jowna blickte Kathrin ein paar Sekunden lang an, bevor sie schulterzuckend meinte: »Im Grunde war er nicht schlimm. Nicht so, wie der von meiner Mutter.«

Kathrin hob fragend die Augenbrauen.

»Ich bin im Nebel umhergewandert und dann kam ein Schatten auf mich zu. Das war schon alles.«

»Seit wann hast du im Nebel Angst?«

»Hab ich nicht, das ist es ja gerade. Im Gegenteil, ich gehe gerne im Nebel spazieren. Davon abgesehen hatte ich das Gefühl, das bin nicht ich, sondern jemand anderes. Ich saß nur zufällig im Körper dieser Frau fest und fühlte quasi ihre Angst.«

Ob sie sich verständlich genug ausgedrückt hatte? Anscheinend, denn Kathrin nickte.

»Kanntest du sie?«

Jowna schüttelte den Kopf. »Ich konnte sie nicht sehen, und es fühlte sich nicht an, als würde ich sie von irgendwoher kennen.«

»Meinst du, es war eine Vision?« Bei dem Wort Vision hob Kathrin beide Hände und beugte zweimal den Zeige- und Mittelfinger.

Jowna zuckte mit den Schultern. »Möglicherweise. Immerhin war der Traum verdammt real. Ich meine, wenn man aufwacht, weiß man, dass man geträumt hat. Doch es fühlte sich eher wie ein Erlebnis an. Als wenn eine Erinnerung wieder an die Oberfläche drängt.«

»Vielleicht sollten wir versuchen herauszufinden, wer die Frau ist.« Kathrin legte die Stirn in Falten und rieb sich über das Kinn.

»Das dürfte fast unmöglich sein. Ich habe keinen einzigen Anhaltspunkt.«

»Mmhh«, war alles, was Kathrin darauf antwortete.

Jowna winkte ab. »Am besten, wir legen uns wieder schlafen. Im Augenblick können wir eh nichts tun. Und es ist noch viel zu früh, um schon aufzustehen.«

»Warst du wieder auf Patrouille?«

Sie nickte.

»Hast du ihn erwischt?«

»Nein. Ich hab ihn zwar gesehen, doch ein zweiter Vampir tauchte auf. Morgen erzähl ich dir alles, okay?«

Kathrin erhob sich. »In Ordnung«, sagte sie, drückte ihr einen Kuss auf die Wange und verschwand aus dem Zimmer, die Tür hinter sich zuziehend.

*

Connlan lief zurück zu der Stelle, an der er die junge Frau zuletzt gesehen hatte. Sie war verschwunden. Klar. Warum hätte sie auch dort stehen bleiben sollen? Aber was zum Teufel hatte sie zu einer solch unchristlichen Zeit im Park zu suchen gehabt? Das war purer Leichtsinn. Hatte sie nichts von dem Mord drei Tage zuvor gehört? Kein vernünftiger Mensch lief mitten in der Nacht und dazu noch mutterseelenallein in einer dermaßen verlassenen Gegend umher. Sie konnte von Glück sagen, dass er in der Nähe gewesen war. Ob sie auch nur die geringste Ahnung besaß, wie knapp sie vorhin dem Tod entkommen war? Wahrscheinlich nicht.

Nur wenige Menschen wussten von den Gefahren, die in der Dunkelheit lauerten. Dennis zum Beispiel gehörte zu diesen wenigen Menschen. Manchmal fragte er sich allerdings, ob der Preis für dieses Wissen nicht zu hoch war. Dennis konnte kein normales Leben führen und nur, weil er in einem Anfall von Egoismus und Schwäche zugelassen hatte, dass sich eine Freundschaft zwischen ihnen entwickelte. Weil er das Alleinsein sattgehabt und sich einsam gefühlt hatte. Wenn er damals Dennis einfach den Behörden übergeben hätte, anstatt die Vormundschaft selbst zu übernehmen, wäre sein Freund niemals mit dieser Welt in Berührung gekommen. Vielleicht hätte er mittlerweile eine Familie und Kinder. Doch so hielt keine seiner Liaisons lange, da Dennis ständig Lügen und Ausreden erfinden musste, wenn sie beide mal wieder Jagd auf einen Vampir machten. Vielleicht sollte er einfach aus Dennis' Leben verschwinden. Doch er bezweifelte, dass es etwas brachte. Wer einmal Zugang zu dieser Welt gefunden hatte, konnte ihr in den seltensten Fällen wieder den Rücken kehren.

Zwei Nächte später wälzte sich Connlan von einer Seite auf die andere. Zum gefühlten hundertsten Mal wanderte sein Blick Richtung Nachttisch. Das schwach beleuchtete Display des Digitalweckers zeigte zwei Uhr vierzehn. Ein Stöhnen unterdrückend setzte er sich auf und schwang die Beine aus dem Bett. Seit sie vor einem halben Jahr nach Uckersheim gezogen waren, schlief er schlecht. Irgendetwas zerrte an ihm und wollte sich in sein Bewusstsein drängen. Wenn er nur wüsste was. Aber es ließ sich nicht fassen. Mit beiden Händen fuhr er sich durchs Haar. Er musste raus an die Luft. Nach einem ausgedehnten Spaziergang war er hoffentlich müde genug, um zu schlafen. Er schlüpfte in seine Kleidung und verließ das Zimmer.

Kaum dass er den ersten Schritt vor die Haustür setzte, trieb ihm kalter Wind unbarmherzig dicke Schneeflocken ins Gesicht. Er zog den Reißverschluss der Jacke bis ganz nach oben und trat vom Podest. Sofort versank er knöcheltief in der weißen Pracht. Nun gut, dann würde er eben Schnee schaufeln, anstatt spazieren zu gehen. Ihm war es egal, von was die Müdigkeit kam, Hauptsache, sie stellte sich ein. In Rekordgeschwindigkeit schaufelte er den Weg bis zur Einfahrt frei. Als Nächstes befreite er den Bürgersteig von den Schneemassen und da er damit viel zu schnell fertig war, räumte er auch den Gehweg und den Zugang des Nachbarhauses, in dem zwei ältere Damen wohnten. Nach der Aktion fühlte er sich jedoch noch immer nicht müde. Nicht mal außer Puste war er geraten. Also schlug er den Kragen der Jacke hoch, vergrub die Hände in den Taschen und stapfte Richtung Park.

Drei Straßenzüge vom Stadtgarten entfernt blieb er jäh stehen. Schnuppernd zog er die Luft in die Nase. Es roch metallisch mit einer leicht süßlichen Note, ganz schwach nur, doch es reichte, um ein schmerzhaftes Ziehen in seinem Kiefer auszulösen. Verdammt! Das war eindeutig Blut. Er schoss um die Straßenecke und kam schlitternd auf dem rutschigen Untergrund zum Stehen. Keine zwanzig Meter entfernt stand ein Mann und hielt eine Frau umschlungen. Ihr Oberkörper war nach hinten gebeugt und ihr rotblondes Haar ergoss sich wie ein Wasserfall über den Rücken. Die Arme baumelten kraftlos neben dem Körper. Das Gesicht des Mannes lag vergraben in ihrer Halsbeuge.

Zum Henker noch mal! Erst vor achtundvierzig Stunden hatte er eine dieser widerlichen Kreaturen vernichtet. Und jetzt trieb schon wieder eine ihr Unwesen in der Stadt.

Der Vampir hob abrupt den Kopf und starrte ihn mit ausdruckslosem Blick an. Blut tropfte aus seinem Mundwinkel und hinterließ auf dem blütenweißen Untergrund leuchtend rote Gebilde. Urplötzlich ließ er die Frau los, die wie ein nasser Sack zu Boden ging und reglos liegen blieb. Verfluchter Schweinehund. Connlan sprintete los, jagte hinter dem Flüchtenden die Straße entlang, hinein in den Park. Nur noch wenige Meter trennten ihn von dem Vampir. Connlan schnellte vom Boden ab und erwischte den Kerl an den Schultern. Der Schwung riss seinen Gegner von den Beinen und gemeinsam landeten sie im Schnee, der nach allen Seiten davonstob. Geschmeidig rollte Connlan sich über die Schulter ab, sprang auf die Füße und wirbelte herum. Nur knapp wich er einem Schlag aus. Der Kerl war schnell. Er konterte und verpasste dem Drecksack einen rechten Haken. Der stolperte einen Schritt rückwärts, fing sich jedoch wieder und trat nach seinem Magen. Knapp vor dem Bauch blockte Connlan den Tritt und holte zum Gegenschlag aus.

Mit einer kaum wahrnehmbaren Bewegung griff der Vampir in die Jackentasche und riss die Hand nach oben, direkt vor seine Nase. Es zischte. Feiner Sprühnebel traf seine Augen und verursachte ein Höllenfeuer darin. Tränen nahmen ihm die Sicht. Er taumelte. Sofort war sein Gegner hinter ihm, packte seinen Kopf und drehte ihn mit einem schnellen Ruck zur Seite. Es knirschte und dann umfing ihn Schwärze.

Stille. Absolute Stille und Kälte. Mehr nahm er nicht wahr. Sie hüllten ihn wie ein Leichentuch ein. Er versuchte sich zu bewegen, doch nicht ein Muskel gehorchte ihm. Selbst seine Lider ließen sich nicht öffnen. Erst im dritten Anlauf schaffte er es. Etwas Nasses traf auf seine Hornhaut und reflexartig schloss er die Augen wieder.

Das Leichentuch entpuppte sich als eine Schicht Schnee, unter der er begraben lag. Allmählich kommunizierte sein Gehirn wieder mit dem Rest seines Körpers. Er hob die Hand, wischte sich übers Gesicht und schob den Schnee fort. Wie lange war er weggetreten? Nach der Dicke der Schicht zu urteilen, die auf ihm lag, wohl eine Weile. Ächzend erhob er sich und klopfte mit steifen Fingern die weiße Nässe von der Kleidung. An eine Verfolgung brauchte er nicht zu denken. Erstens war er nicht in der Verfassung für eine Jagd und zweitens hatte der Schnee sämtliche Spuren verdeckt. Der Kerl konnte mittlerweile weiß Gott wo sein.

Das ist dein Glückstag, du Hurenbock.

Sollte der Blutsauger ihm jemals wieder über den Weg laufen, würde er ihn fertigmachen.

Mit steif gefrorenen Gliedern stakste er aus dem Park, zurück zu der Stelle, wo der Kerl die Frau hatte fallen lassen. Auf den ersten Blick konnte er sie nirgends entdecken. Nur eine Erhebung im Schnee ließ auf ihre Gegenwart schließen, ebenso wie der Blutgeruch, der verlockend nach ihm rief. Mit gefühllosen Fingern angelte er das Mobiltelefon aus der Hosentasche und wählte Dennis' Nummer.

»Verdammt, Mac. Hast du mal auf die Uhr geschaut?«, erklang Dennis' verschlafene Stimme am anderen Ende der Leitung.

»Ich hab hier 'ne blutleere Frauenleiche.«

»Mist!« Jetzt hörte sich Dennis hellwach an. »Wo steckst du?«

»In der Rupertus Straße, Ecke Engelbachstraße.«

»Okay. Bin gleich da.«

Connlan klappte das Mobiltelefon zu und steckte es zurück in die Hosentasche. Keine zehn Minuten später kam Dennis im Dauerlauf den Gehweg entlanggejoggt. Knapp vor ihm blieb er stehen. »Mac, du siehst Scheiße aus.«

»Danke.«

Ein Grinsen breitete sich auf Dennis Gesicht aus, verschwand aber gleich darauf wieder, als sein Blick auf den Schneehügel fiel. »Hast du ihn erwischt?«

»Nein. Er hat mir das Genick gebrochen. Das ist drei Stunden her.«

Dennis, der sich schon halb zu der Leiche hinuntergebeugt hatte, verhielt mitten in der Bewegung und warf ihm einen ungläubigen Blick zu.

»Er hat mich mit Pfefferspray überrascht. Vermutlich hatte er es seinem Opfer abgenommen.«

Dennis räusperte sich, wohl um ein Lachen zu überspielen. Jaja, überaus komisch. Obwohl, laut ausgesprochen hörte es sich wirklich lächerlich an. Vampir ausgeknockt durch Pfefferspray von einem anderen Vampir.

»Geh nach Hause, Mac. Hier kannst du nichts mehr ausrichten. Ich regle das.« Mit dem Daumen tippte Dennis die Nummer seiner Dienststelle ins Mobiltelefon.

Connlan nickte und zuckte im selben Moment zusammen. Ein stechender Schmerz durchfuhr ihn, als hätte ihm jemand ein Messer ins Genick gerammt. Er musste mit seinen Bewegungen vorsichtig sein. Die Heilung war noch nicht vollkommen abgeschlossen. Was er jetzt dringend brauchte, war Nahrung, damit sein Körper sich vollständig regenerieren konnte. Sein Blick glitt zur Leiche hinunter, die Dennis vorsichtig freilegte. Ihre Haut war so weiß wie der Schnee, der sie umgab. An ihrem Hals klebte Blut. Es leuchtete wie eine Neonreklame. Lud ihn ein. Lockte ihn mit süßer Verheißung. Seine Reißzähne brachen mit der Gewalt eines Orkans hervor. Die Umgebung rückte in den Hintergrund, verschwamm zu einem undeutlichen Klecks. Einzig und allein das Blut zeichnete sich glasklar ab und jeder noch so winzige Tropfen trat gestochen scharf hervor. Langsam näherte er sich dem roten Lebenssaft.

»Sakrament, Mac!«

Ruckartig drehte er den Kopf und starrte Dennis an.

»Verschwinde endlich.«

Der rüde Ton und der Schmerz, verursacht durch die schnelle Kopfbewegung, brachten ihn zur Besinnung. Ohne ein Wort drehte er sich um und verschwand.

*

»Mein Gott, das ist furchtbar«, rief Kathrin aus.

Jowna drehte das Radio leiser. »Ja. Und der Mord ist nur ein paar Straßen entfernt passiert. Ich kannte Irina Nagel flüchtig. Sie ist mir ab und an in Mias Esoterikladen begegnet.«

Kathrin zog ein Bein dicht an den Oberkörper und stützte das Kinn aufs Knie. »Was meinst du, ist es derselbe Vampir, der auch Sonja Hainer auf dem Gewissen hat?«

Jowna strich sich eine Haarsträhne hinters Ohr. »Keine Ahnung. Da bräuchte ich ein paar Informationen mehr als das, was durch die Presse geht. Vielleicht erfährt Onkel Li etwas von seinem Kontaktmann bei der Polizei. Ich rufe ihn nachher mal an.« Sie zuckte mit den Schultern und wechselte das Thema, da sie keine Lust verspürte, es zu vertiefen. »Wie läuft es eigentlich mit deiner Ahnenforschung? Bist du weitergekommen?«

Sofort trat ein Leuchten in Kathrins Augen. Das Thema beschäftigte sie seit fast sechs Monaten, sie wollte ihren Stammbaum unbedingt so weit wie möglich zurückverfolgen.

»Ja, ein ganzes Stück sogar. Bis ins Jahr 1744, wo Duncan Michaels das Licht der Welt erblickte. Leider hänge ich jetzt fest.«

»Wow, ich bin beeindruckt. Das sind einige Jährchen.«

»Das ist wirklich weit, oder?«

Jowna nickte.

»Naja, ich hoffe, ich komme noch weiter. Aber das gestaltet sich im Moment echt schwierig.«

»Das bekommst du hin. Im Übrigen bist du am Zug.«

Kathrin lehnte sich nach vorne, streckte die Hand nach dem Springer aus, streifte dabei das Wasserglas und stieß es von der Tischkante. »Scheibenkleister!«

Ohne Eile beugte sich Jowna seitlich vor, griff nach dem Glas, das auf halben Weg zwischen Tisch und Parkett schwebte und stellte es an seinen Platz zurück.

»Danke. In solchen Momenten wünschte ich, ich besäße deine telekinetischen Fähigkeiten. Kannst du sie mir nicht mal borgen?«

»Sehr witzig. Möchtest du auch meine restlichen Abnormitäten?«

Kathrin hob abwehrend die Hände. »Lass gut sein, Jo. Wenn ich darüber nachdenke, finde ich es nicht mehr so erstrebenswert. Und schon gar nicht, wenn ich bedenke, dass da draußen noch immer ein Vampir sein Unwesen treibt und dass du ihn zur Strecke bringen musst. Gruselig.« Sie schüttelte sich. »Aber was anderes. Wieso sagst du es nicht endlich deinem Vater?«

»Klar doch! Ich erzähl ihm mal eben, was für ein Freak ich bin.« Jowna schnaubte.

»Ach komm schon. Malcom ist ein durch und durch toleranter und verständnisvoller Mann.«

»Das würde er aber nicht verstehen.«

»Vielleicht täuschst du dich.«

Jowna schüttelte energisch den Kopf. »Nein, ganz sicher nicht. Du weißt doch, was er von allem Übernatürlichen denkt. Er hasst es. Oder kannst du dich etwa nicht mehr an seine Reaktion erinnern, als ich damals sagte, ich würde gerne zaubern lernen, nachdem ich auf dem Jahrmarkt einen Magier gesehen hatte? Und das waren bloß Taschenspielertricks.«

»Doch ich kann mich daran erinnern. Aber das ist zwei Jahrzehnte her, vielleicht …«

»Nein, es ist besser, wenn er es nicht weiß«, fiel sie ihrer Freundin ins Wort.

Kathrin verzog das Gesicht, ließ es diesmal aber dabei bewenden, wofür sie ihr dankbar war. Sie hatten diese Diskussion in der Vergangenheit schon öfter geführt. Wenn es um Übernatürliches ging, war Paps jedes Mal wie ausgewechselt. Schon beim kleinsten Hauch einer Andeutung in diese Richtung wurde er zornig – was an Großvater lag. Großvater hatte stets behauptet, sie entstammten einer mächtigen Hexenlinie und es wäre Vaters Pflicht, die Blutlinie zu stärken, indem er eine Hexe heiratete. Paps tat es als Spinnerei ab und weigerte sich. Als er dann auch noch eine Chinesin ehelichte, kam es zum Eklat zwischen beiden. Kurz darauf war Großvater gestorben. Seit dem Zeitpunkt duldete er kein Wort mehr über jegliche Art von Hokuspokus, wie er es nannte.

»Hallo-o! Erde an Jo, bitte melden.«

»Was? Entschuldige, hast du etwas gesagt?«

»Ja. Ich sagte, es wird Zeit für mich, nach Hause zu gehen. Ich muss morgen in aller Herrgottsfrühe aufstehen, da ich in München zu einem Seminar eingeteilt bin. Ich will etwas früher losfahren, denn ich habe keine Lust, bei dem Wetter zu rasen.«

»Sehr vernünftig. Wir beenden unsere Partie ein anderes Mal.«

Nachdem Jowna Kathrin verabschiedet und ihr für den morgigen Tag Glück gewünscht hatte, warf sie einen Blick auf die große Standuhr im Flur. Erst Viertel vor sechs. Zu früh, um bereits auf die Jagd zu gehen. Vampire bevorzugten die späten Abendstunden, um ihrer Beute aufzulauern. Auch wenn die Sonne sie entgegen den Mythen und Legenden nicht in eine brennende Fackel verwandelte, liebten sie den Schutz der Dunkelheit. Am besten, sie legte sich noch ein wenig aufs Ohr. Die Nacht würde mal wieder kurz werden.

*

Connlan schrak aus dem Schlaf hoch, sein Atem ging stoßweise. Fahrig strich er sich mit der Hand übers Gesicht. Zum Teufel, er hatte schon seit ewigen Zeiten nicht mehr an den Streit zwischen dem alten Herrn und ihm gedacht, geschweige denn davon geträumt und dann auch noch so real, als stünde er in Dunvegan Castle. Mit der Hand tastete er nach der Wange. Sie schmerzte und in seinem Ohr schrillte ein Klingeln, als hätte Vater ihm den Schlag eben erst verpasst. Weiterschlafen konnte er vergessen, dafür wirbelten zu viele Bilder in seinem Kopf umher. Bilder, an die er sich nicht mehr erinnern wollte, die mit Gefühlen verbunden waren, die er vergessen glaubte und die mit heftigen Selbstvorwürfen einhergingen. Wieso ausgerechnet jetzt? Was hatte die Erinnerung ausgegraben?

Connlan rollte sich vom Bett und tapste auf nackten Füßen nach unten in die Küche. Ein Kaffee war jetzt genau das Richtige, um seine Nerven zu beruhigen. Mit der vollen Tasse setzte er sich an den Tisch und starrte auf die Maserung der Holzplatte. Noch immer konnte er sich nicht des Gefühls erwehren, ins Jahr 1685 zurückversetzt worden zu sein. Er roch den leicht modrigen Geruch der Gemäuer, hörte das Knistern und Knacken des Feuers im Kamin, spürte den kalten Luftzug, der über die eisigen Steinfliesen strich. Er hatte die wütende Stimme des alten Herrn klar und deutlich im Ohr, sah das zornige Blitzen in dessen Augen, schmeckte das Blut seiner durch den Hieb aufgeplatzten Lippe. Nur mit Mühe hatte er sich damals beherrschen können, nicht zurückzuschlagen, war einfach aus der Burg gestürmt, nur um sich im Dorf haltlos zu betrinken. Es war das letzte Mal gewesen, dass er mit seinem alten Herrn gesprochen hatte. Roderick MacLeod war danach gezwungen gewesen, Mairead MacDonald selbst zu ehelichen, um den Frieden zwischen den beiden Clans zu sichern.

Plötzlich flammte das Licht der Deckenleuchte grell auf. Er blinzelte.

Ein erschrockener Laut ertönte, gefolgt von einem gefluchten: »Himmeherrgodnoamoi, Mac! Wieso sitzt du hier im Dunkeln?«

»Tut mir leid, wenn ich dich erschreckt habe.«

Dennis winkte ab. »Halb so schlimm. Jetzt bin ich wenigsten hundertprozentig wach«, sagte er, ging zum Schrank, nahm eine Tasse heraus und stellte sie unter den Kaffeevollautomaten. Geräuschvoll sprang das Mahlwerk an und zerkleinerte die Bohnen, nur wenig später erfüllte erneut der Duft von frisch aufgebrühtem Kaffee die Luft. Dennis wandte sich um und setzte sich zu ihm an den Tisch, dabei rührte er klimpernd mit dem Löffel in der Tasse. Eine Weile musterte Dennis ihn stumm. »Schon wieder schlecht geschlafen?«

»Ja.«

»Das entwickelt sich langsam zur Normalität.«

Er zuckte mit den Schultern.

Dennis seufzte. »Was hältst du davon, wenn wir nach meinem Dienst ins Einkaufszentrum gehen? Das bringt dich auf andere Gedanken. Seit wir hier sind, vergräbst du dich im Haus.«

»Warum nicht«, stimmte er zu. Er wusste, dass Dennis sich Sorgen machte. Vielleicht konnte er sie mit dem Besuch in der Stadt ein wenig zerstreuen. »Wir könnten in Mias Esoterikladen vorbeischauen, vielleicht finde ich dort etwas für eine bessere Nachtruhe. Und ich würde endlich mein Versprechen ihr gegenüber einlösen, mir den Laden mal anzusehen. Außerdem könnte ich bei der Gelegenheit auch ein Schuhgeschäft aufsuchen. Ich brauche dringend ein Paar neue. Bei meinen alten sind die Sohlen schon fast durchgelaufen.«

»Sicher.« Dennis erhob sich und stellte seine Tasse in die Spülmaschine. »Dann sehen wir uns heute Nachmittag. Soll ich dich abholen oder treffen wir uns im Einkaufszentrum?«

»Wir treffen uns dort. Es wäre Blödsinn, wenn du erst heimkommst und dann wieder zurück ins Stadtzentrum fährst.«

»Gut. Bis nachher dann.«

Er schaute seinem Freund hinterher. Nur wenig später fiel die Haustür mit einem sanften Knall ins Schloss. Eigentlich verspürte er nicht den geringsten Wunsch, in die Stadt zu gehen, doch er wollte Dennis nicht noch mehr beunruhigen. Und ein Nachmittag im Einkaufszentrum brachte ihn sicherlich nicht um.

*

Jowna steuerte den Wagen durch den dichten Feierabendverkehr Richtung Stadtmitte. Warum war sie nicht heute Vormittag gefahren? Da wäre es bedeutend ruhiger auf den Straßen zugegangen. Plötzlich wechselte der schwarze Audi rechts von ihr ohne zu blinken auf ihre Spur über. Jowna bremste scharf ab, während ihre Hand zur Hupe schnellte und diese malträtierte. »Vollidiot! Hast du keine Augen im Kopf? Mich einfach so zu schneiden«, wetterte sie. Ihr Herz hämmerte wild gegen die Rippen. Gott, das war knapp gewesen. Sie stieß einen Fluch aus und erhöhte wieder die Geschwindigkeit. Sie hasste es, wenn die Straßen so vollgestopft waren. Doch sie hatte einfach dem Gefühl nachgegeben, unbedingt jetzt noch zu Mia in den Laden fahren zu müssen. Echt dämlich. Dabei brauchte sie nichts Wichtiges. Nichts, was nicht auch bis morgen oder übermorgen hätte warten können. Endlich kam das Einkaufszentrum in Sicht. Jowna bog auf den großen Parkplatz ein und hielt nach einer Parklücke Ausschau. Wider Erwarten fand sie sogar sofort eine. Wenigstens etwas. Sie stellte den Motor ab, öffnete die Tür, stieg aus, schloss ab und zog den Reißverschluss der Jacke nach oben, dann ging sie Richtung Einkaufspassage. Auch hier herrschte dichtes Gedränge. Vielleicht sollte sie einfach umkehren und morgen früh noch einmal einen Anlauf starten.

Doch eine innere Stimme drängte sie weiterzugehen. Wäre ja auch schwachsinnig, jetzt noch umzudrehen, wo sie fast da war. Immer wieder wich sie Menschen aus, die stehen blieben, um die Auslage eines Schaufensters zu betrachten. Endlich erreichte sie die Königsberger Straße, in deren Mitte sich ihr Ziel, Mias Esoterikladen befand. Mit vierzehn hatte sie das Geschäft entdeckt und war seitdem Stammkundin dort. Mia, die Besitzerin, strahlte etwas Großmütterliches aus, und da es in Jownas Leben weder eine Mutter noch eine Großmutter gab, übernahm alsbald Mia diese Rolle in ihrem Leben und teilte sie mit ihrer zwei Jahre älteren Schwester Rachel. Es hatte auch nicht lange gedauert, da war Rachel hinter ihr Geheimnis gekommen, was sich schnell als glückliche Fügung herausstellte. Denn auch Rachel und Mia waren Hexen. Die beiden nahmen sie unter ihre Fittiche und unterrichteten sie in den Künsten der weißen Magie. Die anderen aus Rachels Hexenzirkel schlossen sie ebenfalls schnell ins Herz und so wurde sie in diesen aufgenommen, auch wenn sie kein fester Bestandteil des Zirkels war. So oft sie konnte, besuchte sie die beiden zu Hause, da sie nur ein paar Straßenzüge von ihr entfernt wohnten. Mia hatte ihr schon mehr als einmal angeboten, wenn sie etwas benötigte, bräuchte sie nicht extra ins Zentrum zu fahren. Trotzdem zog sie es vor, in den Laden zu gehen, denn sie liebte die urige Atmosphäre dort. Jowna drückte die Tür auf und betrat, begleitet vom Bimmeln des Ladenglöckchens, den Verkaufsraum. Das Innere wurde nicht von grellen Neonleuchten erhellt, wie in den meisten Läden, sondern von warmem indirekten Licht. Überall verteilt standen Lämpchen oder Kugeln, die sanft leuchteten. Ein paar Kerzen brannten in dekorativ aufgestellten Windlichtern und Lichterketten wanden sich um die Streben der Regale. Funkelnd brach sich das Licht in den überall aufgestellten Edelsteindrusen und Glasobjekten, sowie in den aufgehängten Mobiles, Windspielen und Klangstäben. Wärme und eine Sinfonie der unterschiedlichsten Düfte schlugen ihr entgegen. Genießerisch sog sie die Luft ein. Hier einzutreten war immer wieder ein Fest für die Sinne. Sie liebte es, wie sobald sie einen Fuß zur Tür hineinsetzte, die Hektik des Alltags von ihr abfiel, als hätte diese keinen Zutritt zum Laden.

Plötzlich versteifte sie sich. Das altbekannte Kribbeln kroch die Wirbelsäule entlang und warnte sie eindringlich vor Gefahr. Ihr Blick huschte suchend durch den Raum, glitt über den Verkaufstresen, auf dem eine altmodische Kasse stand, und wanderte weiter zu dem schmalen Durchlass dahinter. Es gab keine Tür, nur einen Vorhang aus dickem Samtstoff, der die beiden Räume voneinander trennte. Er war zur Hälfte zurückgezogen und ermöglichte einen Blick in das angrenzende Zimmer. Etwas bewegte sich dort, ein dumpfer Aufprall folgte.

»Mia!?« Jowna sprintete los, umrundete den Tresen und schoss in den Raum. Ein lautes Klirren ertönte. Ihr Kopf ruckte zum Fenster. Aus dem dunkelbraunen Holzrahmen ragten spitze Zacken und erinnerten an ein weit aufgerissenes Haifischmaul. Die Fensterbank und der Gehweg waren übersät mit Glassplittern, in denen sich das Licht brach. Jowna erhaschte noch einen Blick auf davonlaufende schwarze Hosenbeine und ausgelatschte Turnschuhe, bevor diese hinter einer Hausecke verschwanden. Jowna löste den Blick von der kaputten Fensterscheibe und lenkte ihn auf das Innere des Raumes. Nur zwei Schritte entfernt entdeckte sie Mia reglos auf dem Boden. Blut floss in einem Rinnsal ihren Hals hinab und bildete eine Pfütze. »Oh mein Gott!«

Jowna fiel neben ihr auf die Knie und presste die Hand gegen die beiden kreisrunden Löcher. Sofort quoll die warme Flüssigkeit zwischen den Fingern hindurch. »Mia, kannst du mich hören?« Mit der anderen Hand tastete sie nach Mias Puls.

Bitte sei nicht tot.

Schwach pochte es unter ihren Fingerspitzen. Geräuschvoll stieß sie die Luft aus den Lungen. Gott sei Dank. Die Blutung musste dringend gestoppt werden. Wer wusste schon, wie viel Blut der Vampir bereits aus Mias Venen gesaugt hatte.

Sie musste mehr tun, als nur gegen die Wunde drücken und darauf hoffen, dass sie endlich zu bluten aufhörte. Keine Ahnung, wie lange Mia noch durchhielt. Nur auf ärztliche Hilfe warten und darauf vertrauen, sie träfe rechtzeitig ein und rettete Mias Leben, war Jowna zu wenig. Es stellte ein viel zu hohes Risiko dar und das konnte sie nicht eingehen.

Sie musste selbst etwas tun.

Also schloss sie die Augen und konzentrierte sich. Aus der Halsschlagader machte sie geistig einen Strohhalm, in den mit einer Nadel zwei Löcher gebohrt worden waren. Anschließend stellte sie sich einen Streifen Tesafilm vor, den sie um die schadhafte Stelle wickelte. Jetzt waren die Löcher versiegelt und es konnte keine Flüssigkeit mehr austreten. »Proxima«, murmelte sie.

Sofort versiegte der Strom. Geschafft. Zumindest war die Blutung gestoppt »Halt durch, Mia«, flehte sie, während sie nach dem Mobiltelefon in ihrer Handtasche fingerte und dann mit dem Daumen den Notruf wählte. Fast augenblicklich meldete sich eine sachliche Stimme und versprach am Schluss baldmöglichst Hilfe.

Jowna legte das Telefon achtlos neben sich, während sie leise auf Mia einredete. Ihr Blick fiel auf etwas Grünes, das in Mias Mundwinkel klebte. Jowna wollte es wegwischen, doch es schien, als wäre da noch wesentlich mehr in Mias Mund. Mit Zeigefinger und Daumen ergriff sie es und zog daran. Ein gut zehn Zentimeter langer Stängel mit Blättern und kleinen weißen Blüten, der um eine Schlüsselblume geschlungen war, kam zum Vorschein.

Was zur Hölle sollte das denn? Was war das für ein kranker Bastard, der so was tat?

Jowna warf die Pflanzen beiseite und fühlte nach Mias Puls. Noch immer pochte er nur schwach unter ihren tastenden Fingerspitzen, was erahnen ließ, wie hoch der Blutverlust war. Wo blieb der Notarzt? Angespannt lauschte sie, doch vom Krankenwagen war nichts zu hören. Unentwegt strich sie über Mias Handrücken und sprach leise auf sie ein. Warum ließen sich die Rettungskräfte so viel Zeit? Schnell blickte sie auf das Display des Mobiltelefons. Seit dem Anruf waren erst drei Minuten vergangen. Wirklich erst drei? Wie sich Zeit doch dehnen konnte. Und dann hörte sie endlich in der Ferne die sich schnell nähernden Martinshörner. Doch auf die Erleichterung folgte sogleich die Ernüchterung. Wie sollte sie bloß erklären, dass die Verletzung nicht mehr blutete? Sie drückte ja nicht einmal etwas dagegen. Obwohl jeder vernünftige Mensch, in dem Versuch, die Blutung zu stoppen, genau das tun würde. Hastig zog sie das Deckchen vom Tisch neben sich, knüllte es zusammen und drückte es auf die Wunde. So, das sah doch schon mal normaler aus. Sie würde sich einfach dumm stellen. Sollten sich die Ärzte selbst einen Reim darauf machen. In diesem Moment ertönte das Bimmeln des Ladenglöckchens und eine tiefe Männerstimme hallte durch den Raum: »Guten Tag, hier ist der Notarzt.«

*

Angewidert zog Connlan die Nase kraus. »Wie kann man nur dieses pampige Zeug essen?«, fragte er mit einem verständnislosen Seitenblick auf Dennis.

»Weil es schmeckt. In Ordnung, es ist vielleicht nicht unbedingt gesund, aber was soll's. Ab und an darf man sündigen.«

»Nicht unbedingt gesund ist untertrieben. Hast du eigentlich eine Ahnung, was da alles drin ist? Ich kann die Inhaltsstoffe riechen und ich sag dir, es … Was zum Teufel ist da hinten los?«

Direkt vor Mias Esoterikladen hatte sich ein Menschenauflauf gebildet. Zwei Polizeiwagen mit eingeschaltetem Blaulicht parkten am Eingang und soeben fuhren Rettungswagen und Notarzt davon.

»Keine Ahnung. Finden wir es heraus.« Dennis warf den Rest des Imbisses in einen Abfalleimer und marschierte schnurstracks auf die Menge zu. »Entschuldigung. Dürften wir mal?«

Wie ein Eisbrecher pflügte Dennis durch die Masse, unermüdlich dasselbe sagend. Connlan hielt sich dicht in seinem Fahrwasser. Ein paar der Leute murmelten Verwünschungen, während andere lautstark ihren Unmut über die Unverfrorenheit, sich einfach derart rücksichtslos vorzudrängeln, kundtaten.

Vor der Tür zum Laden wurde Dennis' Vormarsch allerdings jäh von einem Streifenpolizisten gestoppt.

»Bitte bleiben Sie hinter der Absperrung«, sagte der Beamte in strengem Ton und deutete auf das im Wind flatternde rotweiß gestreifte Band, das sie soeben passiert hatten.

»Schon in Ordnung.« Dennis zog seine Dienstmarke und hielt sie dem Polizisten hin.

Nickend ging der Beamte einen Schritt beiseite und ließ sie eintreten. Vanille, Zimt, Apfel, Waldbeere, Minze und diverse andere Gerüche stürmten augenblicklich auf Connlan ein. Dabei stach ein Geruch besonders stark heraus, der sofort das schmerzliche Ziehen in seinem Kiefer auslöste.

Blut.

Mit einem schnellen Blick erfasste er das Innere des Ladens. Am Verkaufstresen lehnte eine junge Frau, die ein blutverschmiertes Tischdeckchen zusammengeknüllt in den Händen hielt, während ihre Haltung Ungeduld verströmte. Anscheinend konnte sie es kaum erwarten fortzukommen, doch der Polizist, der bei ihr stand, stellte ständig eine weitere Frage.

Irgendwoher kam ihm die Frau bekannt vor. Mit Sicherheit war sie ihm schon einmal begegnet. Doch wo? Woher kannte er sie?

Natürlich! Es war die Frau von neulich Nacht aus dem Park, deren Leben er gerettet hatte.

»Jowna?«, rief Dennis überrascht.

Bei der Nennung ihres Namens drehte sie den Kopf und blickte ihnen entgegen. Auf ihrer rechten Wange verlief ein verschmierter roter Streifen und auch an ihren Fingern klebte Blut. Als sie Dennis sah, breitete sich ein Lächeln auf ihren

Lippen aus. Plötzlich zogen sich ihre Augenbrauen zusammen und sie streifte Connlan mit einem verwirrten Blick.

»Was machst du hier?«, fragte Dennis und zog so ihre Aufmerksamkeit zurück auf sich.

Sie zuckte mit den Schultern, dabei glitt ihr Blick erneut an Dennis vorbei und heftete sich ein weiteres Mal auf ihn.

Noch nie hatte er ein solch intensives Grün gesehen. Es erinnerte an in Sonnenlicht getauchte Smaragde.

Aufmerksam taxierte sie ihn, bevor ihr Blick zu Dennis zurückwanderte. »Ich hatte das zweifelhafte Vergnügen, mitten in ein Verbrechen hineinzuplatzen.«

»Hat der Täter dich angegriffen?« Dennis klang besorgt.

»Nein. Er sprang aus dem Fenster, als ich zur Tür reinkam.«

»Da hattest du Glück.«

Über ihr Gesicht glitt ein Lächeln, was sie noch attraktiver aussehen ließ.

»Ich kann mich ganz gut verteidigen. Hast du das vergessen?«

Dennis verzog die Lippen. »Besten Dank auch. Ich versuche, es aus meinem Gedächtnis zu streichen.«

Ihr Lächeln vertiefte sich und schickte eine Schar Ameisen in Connlans Magen auf Wanderschaft.

Dennis hatte recht. Sie war wirklich zum Anbeißen und er verstand durchaus, warum Dennis von ihr so beeindruckt war.

Es wunderte ihn auch nicht mehr, dass sie dermaßen unbekümmert bei nachtschlafender Zeit im Park umhergewandert war. Obwohl er es noch immer als puren Leichtsinn empfand. Sie hätte den Vampir vielleicht für kurze Zeit abwehren können, doch was hätte es ihr im Endeffekt genutzt? Nichts. Solange sie nicht wusste, was zu tun war.

»Armer Kerl«, sagte sie mit gespieltem Mitleid in der Stimme.

»Können Sie den Täter beschreiben?«, mischte sich der Streifenpolizist ein.

Jowna blickte den Uniformierten nur kurz an und schüttelte den Kopf. »Nein. Es ging alles viel zu schnell. Ich konnte nur einen kurzen Blick auf schwarze Hosenbeine und ein paar weiße, abgenutzte Turnschuhe erhaschen. Allerdings bin ich mir ziemlich sicher, dass es ein Mann war.«

»Warum gehst du davon aus, es sei ein Mann gewesen?«, fragte Dennis.

»Frauen haben im Allgemeinen nicht solche Quadratlatschen. Der Kerl hatte mindestens Schuhgröße sechsundvierzig.«

»Okay. Da gebe ich dir recht. Das deutet auf einen männlichen Täter hin.«

»Können Sie etwas über die Verletzung von Frau Rupperts sagen?«, schaltete Connlan sich in das Gespräch ein.

Ihre Augen richteten sich ein weiteres Mal auf ihn, dabei zog sie die Brauen ein Stückchen zusammen. Wieder wirkte sie verwirrt, doch der Eindruck verschwand so schnell, wie er gekommen war. »Sie wurde am Hals verletzt.«

»Womit?«, wollte Dennis wissen.

Sie zuckte mit den Schultern. »Keine Ahnung. Der Täter hat ihr mit einem spitzen Gegenstand, etwa hier«, dabei strich ihr Zeigefinger kurz über die Seite am Hals und deutete auf die Halsschlagader, »zweimal in den Hals gestochen.«

Das hörte sich nach einem Vampir an. Allerdings entsprach der Überfall nicht den üblichen Gepflogenheiten. Normalerweise jagten seine Artgenossen gerne im Schutz der Dunkelheit und vor allem mieden sie Plätze mit regem Betrieb, um nicht entdeckt zu werden. Äußerst merkwürdig.

»Ich würde gerne nach Hause fahren, wenn es keine weiteren Fragen mehr gibt.«

Jowna schenkte Dennis ein atemberaubendes Lächeln. Der heftige Wunsch, sie möge ihm anstatt Dennis dieses Lächeln schenken, überwältigte Connlan völlig unvorbereitet. Ein solches Gefühl war ihm bisher absolut fremd gewesen. Er wusste es nicht einzuordnen, geschweige denn, woher es kam.

»Außerdem hab ich alles gesagt, was ich weiß«, fügte sie noch hinzu, während sie das Deckchen auf den Tresen legte.

»Ich kann gut verstehen, dass du so schnell wie möglich von hier weg willst. Doch wir brauchen noch deine Personalien.«

»Die hat dein Kollege bereits aufgenommen.«

»Oh, gut, dann wäre das ja erledigt. Ich melde mich bei dir, wenn noch weitere Fragen auftauchen sollten.«

»Tu das.« Sie nahm ihre Handtasche vom Tresen. »Wir sehen uns, Dennis.« Im Vorbeigehen nickte sie Connlan zu, sah aber sofort wieder weg.

Ihr eindeutig zu schneller Herzschlag hallte laut in seinen Ohren, was natürlich an der ganzen Aufregung liegen konnte.

Oder aber, sie fühlte sich in seiner Gegenwart unwohl. Nichts Ungewöhnliches. Manche Menschen spürten instinktiv die Gefahr, die von einem Vampir ausging. Sie konnten dieses Gefühl zwar nicht zuordnen oder deuten, doch trieb es sie dazu, die Flucht zu ergreifen.

Ein Stoß in die Rippen holte ihn aus seinen Überlegungen.

»Ich sagte doch, sie ist ein Leckerbissen«, raunte Dennis ihm zu.

*

Jownas Herz schlug schneller, als sie an dem Mann vorbeiging, der mit Dennis gekommen war. Sie nickte ihm zu, da sie ihrer Stimme nicht traute. Irgendetwas stimmte nicht mit ihm. Genauer gesagt, mit ihrer Reaktion auf ihn. Er sah gut aus. Nicht auf die Weise eines geschniegelten Hochglanzmodels, sondern auf eine etwas herbe, maskuline Art. Sein mehr als schulterlanges Haar glänzte wie das Gefieder eines Rabens, sobald ein Lichtstrahl darauf fiel. Bei seinem Anblick drängte sich ihr unweigerlich das typisch verklärt-romantische Bild eines Highlanders aus dem Mittelalter auf. Breitschultrig, muskulös, wild. Es fehlten lediglich Kilt und Claymore. Wenn sie ihn mit nur einem Wort beschreiben müsste, wäre imposant das Wort ihrer Wahl. Doch das wirklich Auffällige an ihm waren seine Augen. Kobaltblau. Und zwar so leuchtend intensiv, dass sie sich fragte, ob er Kontaktlinsen trug. Sie spürte, wie sein Blick ihr folgte.

Erst als die Ladentür hinter ihr zufiel, atmete sie erleichtert auf. Er hatte sie nervös gemacht. Aber die Art und Weise, wie er es tat, verwirrte sie. Sie hatte ihn gespürt, noch bevor ihr Blick auf ihn fiel. Es war eine Mischung aus dem Gefühl, das sie vor Gefahr warnte und, so lächerlich es klang, Sicherheit.

Jowna, du spinnst. Das sind bloß die Nerven. Sie spielen dir einen Streich.

Genau. Sie stand unter Schock. Immerhin war Mia für sie mehr als nur eine gute Freundin. Sie gehörte zu ihrer erweiterten Familie und sie blutend und halb tot am Boden liegen zu sehen war schrecklich gewesen.

Entgegen ihrer Behauptung fuhr sie nicht nach Hause, sondern schlug den Weg zu Onkel Li ein. Mit ihm konnte sie sich über die Geschehnisse der letzten Stunden unterhalten und sie brauchte dringend jemanden zum Reden. Natürlich könnte sie auch mit Kathrin sprechen, doch obwohl ihre Freundin Bescheid wusste, war sie nicht aktiv an der Welt der Schatten beteiligt. Außerdem war Onkel Li die logischere Wahl.

Immerhin war er ihr Beschützer und ihr Mentor.

Doch das wusste niemand. Alle Welt hielt ihn für den Bruder ihrer verstorbenen Mutter, sogar Paps. Die Wahrheit kannte niemand. Sie wurde vom Vater an den Sohn weitergereicht, genauso wie die Aufgabe, die Blutlinie des Schattenkriegers zu beschützen, solange es nur weibliche Nachkommen gab. Denn die besaßen in der Regel nicht die Kräfte des Schattenkriegers. Sie bildete eine Ausnahme. Doch selbst Onkel Li wusste nicht, weshalb dem so war.

Sie parkte in der Auffahrt und drückte die Klingel mehrere Male hintereinander. Lange musste sie nicht warten, bis die Tür geöffnet wurde.

»Um Himmels willen, bist du verletzt?« Aufmerksam glitt Lis Blick über sie hinweg und suchte sie nach Wunden ab.

Jowna schüttelte den Kopf. »Mia«, presste sie erstickt hervor. Der Kloß in ihrem Hals hinderte sie am Weitersprechen. Sie schluckte schwer. Ihr Blick verschwamm. »Ein Vampir«, sagte sie, bevor ihr die Stimme endgültig versagte.

Li zog sie wortlos in die Küche, drückte sie auf einen Stuhl und wischte ihr das Blut von der Wange. Anschließend kochte er Tee. Er stellte eine Tasse vor sie hin und setzte sich ihr gegenüber. Geduldig wartete er, bis ihre Tränen versiegten. »Möchtest du es mir erzählen?«

Jowna schniefte und fuhr sich, in Ermangelung eines Taschentuchs, mit dem Ärmel über die Nase. Li zog eine Augenbraue hoch, beugte sich zur Anrichte hinüber und schnappte sich die Box mit den Kosmetiktüchern, die er ihr reichte.

»Danke.« Geräuschvoll putzte sie sich die Nase. Als sie damit fertig war, erzählte sie ihm die Ereignisse in Mias Laden.

»Ungewöhnlich.« Nachdenklich trank Li einen Schluck Tee. »Aber immerhin konntest du Mia retten.«

»Wäre ich nur ein paar Minuten früher gewesen …«

»Hör auf, Jo. Sich über was wäre wenn Gedanken zu machen, ist reine Zeitverschwendung. Sei dankbar, dass du nicht ein paar Minuten später eingetroffen bist.«

»Schon gut. Du hast ja recht.«

»Natürlich hab ich das.« Er lehnte sich nach vorn und blickte ihr eindringlich in die Augen. »Aber da gibt es noch etwas anderes, das dich aufgewühlt hat.«

Sie konnte Li einfach nichts verheimlichen. Wieso vergaß sie das nur ständig? Also erzählte sie ihm von der verwirrenden Begegnung mit dem Fremden. Li ließ sich zurückfallen. Um seine Mundwinkel zuckte es. »Das klingt mir eher nach einer normalen Reaktion und hat in meinen Augen nichts mit Übernatürlichem zu tun.«

Jowna blies die Wangen auf und verdrehte die Augen. »Onkel Li, ich bitte dich. Du glaubst doch nicht ernsthaft, ich hätte mich in einen Wildfremden auf den ersten Blick verliebt.«

»Oh – nein, ich sprach eigentlich von etwas Banalerem … sexuelle Anziehungskraft.«

»Onkel Li!« Hitze schoss ihren Hals hinauf und breitete sich auf dem Gesicht aus. Wahrscheinlich leuchtete sie wie ein Feuermelder. Doch im Stillen gab sie ihm recht. Es war die logischste Erklärung. Allerdings war ihr das noch nie passiert, jedenfalls nicht in diesem Ausmaß. Und wieso hatte ihre Wirbelsäule gekribbelt? Das tat sie nur, wenn ein Vampir in der Nähe war. Auf der anderen Seite war das Kribbeln nicht sehr ausgeprägt gewesen, nur eine schwache Erahnung von Gefahr.

»Soll ich dich heute Nacht begleiten?« Fragend blickte Li über den Rand seiner Tasse.

»Ich hätte nichts dagegen.«

Li nickte.

»Um zehn am Park?«

Wieder nickte Li.

»Gut.« Jowna erhob sich, drückte Onkel Li einen Kuss auf die Wange und machte sich auf den Heimweg. Ihr schlechtes Gewissen verdrängte sie. Normalerweise wollte sie nicht, dass er mit auf die Jagd ging. Immerhin war er bereits siebzig Jahre alt. Zwar war er fitter als so mancher Dreißigjährige, aber Vampirjagden waren anstrengend und gefährlich. Doch heute Nacht brauchte sie jemanden an ihrer Seite und es gab sonst niemand anderen.

Nebel gepaart mit einem feinen Nieselregen empfing sie, als sie aus dem Haus der alten Elli trat. Sie fröstelte. Normalerweise lief sie zur Mitternachtsstunde nicht durch die Gegend, doch wenn ihre Dienste benötigt wurden, fragte niemand nach der Uhrzeit. Sie zog den Umhang fester. Eigentlich läge sie jetzt im Bett und täte das, was bereits fast das ganze Dorf tat; selig schlummern. Wenigstens war die Bezahlung gut. Dumpf hallten ihre Schritte durch die Dunkelheit.

Plötzlich rann ihr ein Schauer über den Rücken, fuhr ihr direkt in den Magen und pflanzte dort ein winziges Körnchen Unbehagen, das mit jedem Schritt wuchs, bis es schließlich einen riesigen Klumpen bildete. Sie schaute ständig über die Schulter. Doch da war nichts. Sie schalt sich eine Närrin. Aber das Unbehagen blieb. Wandelte sich schließlich in Angst, die sich auf die Brust legte und das Atmen erschwerte.

Sie beschleunigte ihre Schritte. Normalerweise fühlte sie sich im Dorf sicher, doch heute Nacht hing der eisige Hauch des Todes in der Luft. Strich mit knöchrigen Fingern über sie hinweg, jagte eine Gänsehaut über ihren Körper. Kalter Schweiß überzog ihre Haut, ließ sie noch mehr frösteln.

Abrupt blieb sie stehen. Hatte sich da vorne nicht etwas bewegt? Ein Schatten? Jetzt hörte sie auch etwas. Es klang, als stolpere jemand. Ein gelallter Fluch folgte. Ein Betrunkener. Das hatte ihr noch gefehlt. Am besten sie ging ihm aus dem Weg, indem sie ein Stück zurücklief und die Abzweigung nach links nahm. Es bedeutete zwar einen Umweg, aber den nahm sie in Kauf. Betrunkenen Männern konnte man nicht trauen. Sie wirbelte herum. Doch aus der Richtung kamen nun ebenfalls eilige Schritte auf sie zu. Ihr Herz pochte. Hämmerte wild gegen die Rippen, als suche es einen Ausgang aus der Enge des Brustkorbs. Hektisch blickte sie sich nach einem Versteck um. Nur eine Armlänge entfernt wuchs rechter Hand Gestrüpp. Sie hastete darauf zu …

Jowna schreckte schweißgebadet auf. Ihr Herz raste und sie rang nach Luft.

Ganz ruhig. Atme. Ein. Aus. Ein.

Langsam beruhigte sich ihr frenetisch hämmernder Puls. Himmel! Schon wieder dieser merkwürdige Traum. Sie fuhr sich mit der Hand übers Gesicht. Woher kam der bloß? Sie tastete nach dem Wecker und drückte den Knopf, der das Display beleuchtete. Erst halb fünf? Sie stöhnte. Das durfte nicht wahr sein. Sie hatte nur ganze zwei Stunden geschlafen. Nicht viel nach der ausgedehnten Patrouille mit Onkel Li. Sie warf sich zurück in die Kissen und schloss die Augen. Sofort strömten die Bilder und Empfindungen des Albtraumes auf sie ein. Ruckartig setzte sie sich wieder auf. Der Traum war diesmal wesentlich intensiver gewesen als das letzte Mal und hatte sie noch ein Stückchen tiefer in sein Geschehen gezogen. Das Gefühl, etwas Wichtiges zu übersehen, beschlich sie. Fast schien es so, als wolle der Traum ihr etwas mitteilen. Etwas Bedeutendes. Sie schlug die Decke zur Seite und glitt aus dem Bett, dann schlüpfte sie in ihre Joggingsachen.

Kurz darauf stand sie auf der Straße. Das Laufen würde ihr hoffentlich helfen, den Kopf freizubekommen.

Ziellos rannte sie die Straßen entlang, bog, ohne eine bestimmte Richtung ins Auge fassend, mal nach rechts, mal nach links ab. Irgendwann fand sie sich vor Mias und Rachels Haus wieder. Jowna blieb stehen und blickte über den Zaun auf die geschlossenen Fensterläden. Rachel schlief bestimmt noch. Ein feines Kribbeln entlang der Wirbelsäule ließ sie zur Seite blicken. Keine vier Schritte entfernt stand der Highlander von gestern Nachmittag und musterte sie aus diesen intensiven blauen Augen. Ihre Handflächen wurden feucht und ihre Atmung beschleunigte sich. Gott, sah der Mann gut aus. Aber wie war es ihm gelungen, sich unbemerkt an sie heranzuschleichen? Normalerweise besaß sie ein sehr feines Gehör.

»Was machen Sie hier?« Seine Stimme klang sanft mit einem leicht schottischen Akzent. Kaum wahrnehmbar, man musste schon genau hinhören, damit man ihn bemerkte. Sie erwiderte den Blick, den er ihr zuwarf. Seine Augen leuchteten, zogen sie magisch an und hypnotisierten sie.

Langsam wanderten seine Augenbrauen in die Höhe und er räusperte sich. Was? Ach ja, er hatte eine Frage gestellt und erwartete natürlich eine Antwort. Doch die Stimme wollte ihr nicht gehorchen. Unwillkürlich löste sie den Blick von ihm, als ein Auto direkt hinter ihm in die Einfahrt bog. Die Tür wurde geöffnet und wieder geschlossen, dann näherten sich eilige Schritte. »Mac, was machst du … Jo?« Dennis blieb stehen.

Mac? Ob das derselbe Mac war, von dem Dennis beim Training gesprochen hatte? Der, der sogar ein noch besserer Kämpfer sein sollte als Dennis? Schwer vorstellbar, denn Dennis war gut. Verdammt gut sogar.

»Was machst du hier?«

»Das habe ich sie auch schon gefragt.«

»Und?«

»Ich habe noch keine Antwort erhalten.«

Die beiden sprachen über sie, als wäre sie nicht anwesend oder schwachsinnig. Männer! Es war doch offensichtlich, was sie tat. »Nach was sieht es denn aus?«, fauchte sie. »Ich war joggen.«

»Um die Uhrzeit?« Dennis klang ungläubig.

»Wir haben halb sechs. Was ist an dieser Zeit ungewöhnlich?«, fragte Jowna.

»Normalerweise nichts. Aber im Moment ist es besser, nicht zu Uhrzeiten alleine draußen zu sein, wenn so gut wie keine Menschenseele auf der Straße unterwegs ist«, antwortete Dennis ernst.

Jowna zuckte mit den Schultern. »Warum? Mia wurde am helllichten Tag in einer sehr belebten Gegend überfallen.«

»Stimmt. Aber Irina Nagel nicht, genauso wenig wie Sonja Hainer.«

»Ich kann sehr gut auf mich selbst aufpassen. Das habe ich dir bereits gestern gesagt. Außerdem durftest du dich davon schon persönlich überzeugen.«

Dennis verzog das Gesicht. »Ja, stimmt. Aber glaub mir wenn ich dir sage, der Mörder ist äußerst gefährlich und er hat wieder zugeschlagen.«

»Oh Gott«, Jowna griff sich an den Hals. »Wer?«

»Melanie und Michelle Losner.«

Jowna zuckte zusammen.

»Du kanntest sie?«

»Kennen ist übertrieben. Genau wie Irina und Sonja traf ich die Zwillinge hin und wieder in Mias Esoterikladen, wo wir uns manchmal unterhielten.«

Dennis tauschte mit Mac einen schnellen Blick.

»Ich sollte jetzt besser nach Hause gehen«, sagte Jowna.

»Wir begleiten dich.«

»Das ist unnötig, Dennis. Ich wohne nur ein paar Straßen entfernt.«

»Egal. Ich fühle mich besser, wenn ich weiß, dass du heil daheim angekommen bist.«

»Also gut.« Jowna verdrehte die Augen. »Unter einer Bedingung.«

»Die da wäre?«, fragte Dennis misstrauisch.

»Ich lasse mich grundsätzlich nur von Männern heimbringen, deren Namen ich kenne und der von deinem Freund ist mir nicht bekannt.«

»Entschuldigen Sie mein Versäumnis. Das war unhöflich. Connlan MacLeod.« Er hielt ihr die Hand hin.

Sie ergriff sie. »Jowna Fitzpatrick.« Einem Stromschlag gleich jagte ein Kribbeln über ihre Finger den Arm hinauf. Hastig zog sie die Hand zurück.

Auch Connlan MacLeod schien zurückzuzucken. Hatte er es womöglich ebenfalls gespürt? Sie musterte ihn, doch seine Mimik war ausdruckslos.

Du bildest dir was ein, Jowna.

Männer wie er standen auf Frauen wie ihre Freundin Kathrin. Lange, blonde Haare, strahlendblaue Augen, Proportionen, die bei jeder Frau puren Neid erzeugten und Beine, die scheinbar nicht enden wollten. Nicht, dass sie sich selbst als hässlich empfand, aber ihre Locken wollten sich nie wirklich bändigen lassen und so wirkte sie stets ein wenig zerzaust. Ganz anders als die elegante Lockenpracht von Kathrin. Hinzu kam, dass ihr rötliches Haar die typischen Nebenwirkungen mit sich brachte. Eine helle, überempfindliche Haut, die sich strikt weigerte auch nur den Hauch von Bräune anzunehmen, und ein paar Sommersprossen, die sich ungeniert auf ihrer Nase tummelten.

Die Männer nahmen sie in die Mitte und schweigend machten sie sich auf den Weg. Jowna spürte überdeutlich MacLeods Nähe. Ihre Haut prickelte, als stünde sie zu dicht an einem elektrisch aufgeladenen Kraftfeld.

»Seit wann sind Sie schon Kundin bei Frau Rupperts?« MacLeods Stimme fuhr ihr in die Eingeweide und erzeugte ein angenehmes Vibrieren, wie ein voll aufgedrehter Bass bei lauter Musik.

»Fast fünfzehn Jahre.«

»Eine lange Zeit.«

»Ja. Als ich den Laden damals entdeckte, fand ich ihn cool. Im Gegensatz zu meinem Vater. Er verbat mir, jemals wieder einen Fuß in das Geschäft zu setzen.«

»Wieso das denn?« Dennis schaute sie verdutzt an.

»Tja, mein Vater reagiert überaus empfindlich, wenn irgendetwas auch nur im Entferntesten danach aussieht, als könne es sich mit Übernatürlichem beschäftigen. Und Esoterik ordnet er definitiv zu dem Hokuspokus-Zeugs, wie er es nennt.« Jowna zuckte mit den Schultern. »Natürlich bin ich nach seinem Verbot erst recht hingegangen. Mittlerweile schätzt mein Vater Mias einzigartiges Teesortiment. So, da wären wir.« Jowna öffnete das Hoftor und drehte sich zu den beiden Männern um. »Danke fürs nach Hause bringen. Wir sehen uns.«

»Bestimmt«, sagte Dennis.

»Wiedersehen.«

MacLeods Blick streifte sie ein letztes Mal, bevor er sich abwandte. Ein Prickeln fuhr ihr in den Magen und sandte von dort eine Hitzewelle aus. Jowna schaute den beiden Männern hinterher.

Gegen ein Wiedersehen mit Connlan MacLeod hatte sie nichts einzuwenden.

*

Connlan konnte Jownas Blick spüren. Er folgte ihnen, bis Dennis und er um die nächste Hausecke bogen. Über seinen Körper krabbelte noch immer eine aufgeregte Ameisenschar, die sie mit ihrer Berührung aufgescheucht hatte und die seitdem nicht mehr zur Ruhe kam. Dergleichen war ihm noch nie passiert. Sicher reagierte er hin und wieder auf die Nähe einer Frau, aber niemals in einem solchen Ausmaß. Dabei hatten sich ihre Finger nur ein paar Sekunden lang um seine geschlossen. Und als würde dieser Ansturm der Gefühle nicht ausreichen, gesellte sich, seit sie ihren Namen genannt hatte, ein weiterer hinzu und machte das Chaos perfekt. Im Laufe der Jahrhunderte war er schon häufiger einem Fitzpatrick begegnet. Leider erfüllten sich seine Hoffnungen, es könnte sich um ein Nachkomme Brendas handeln, nie. Auch jetzt hegte er nicht sonderlich viel Hoffnung, dass es sich bei Jowna anders verhielt. Dennoch wollte er ganz sicher gehen und deshalb musste er ein paar Nachforschungen anstellen. Das war er Brenda schuldig. Wenn sie nicht gewesen wäre, dann wäre er jetzt nicht der, der er war, sondern ein Monster, so wie die verachtenswerten Kreaturen, die er jagte und vernichtete. Seine

Gedanken wanderten zurück, zu jenem Tag, an dem er Brenda zum ersten Mal begegnet war.

Das Erste, was Connlan ins Bewusstsein drang, war das Knistern der Flammen im Kamin. Er fühlte sich völlig entkräftet, wie nach einer schweren Krankheit. Obendrein wütete in seiner Kehle ein Feuer, das ihn zu versengen drohte. Er hob die Lider, was ihn einiges an Anstrengung kostete, denn sie waren bleischwer. Langsam klarte sein Blick auf und er konnte die Umrisse eines Zimmers erkennen. Doch nichts kam ihm vertraut vor. Er versuchte sich aufzurichten, was ihm misslang, da er weder Arme noch Beine bewegen konnte. Er lag verschnürt, wie ein Paket auf den harten Dielenbrettern eines fremden Zimmers.

Connlan kramte in seinem Gedächtnis nach dem Letzten, woran er sich erinnerte. Da war der Streit mit seinem Vater gewesen und anschließend hatte er sich betrunken. Und dann? Die Erinnerungen verschwammen. Einzelne Fragmente blitzten auf und verblassten sofort wieder. Nichts ergab einen Sinn. Er kämpfte sich auf einen Ellbogen und schob sich Stück für Stück an der Wand in eine aufrechte Position. Sein Blick glitt durch den spärlich eingerichteten Raum. Es gab eine schmale Liege und in der Ecke daneben ein Lager aus Stroh. Ein winziger Tisch und zwei Stühle standen in der Mitte des Zimmers. An einer Wand waren mehrere Regale angebracht, auf denen etliche irdene Behälter standen, von dem jedem ein anderer Duft entströmte. Eine große Truhe, eine Anrichte und ein Herd rundeten das Bild ab.

Hatte man ihn entführt, um die Hochzeit zu verhindern und damit den Friedensvertrag zwischen seinem Clan und dem Clan der MacDonalds zum Scheitern zu verurteilen? Das würde nicht funktionieren. Der alte Herr würde wissen, was passiert war und jeden Stein nach ihm umdrehen. *Wirklich?*, flüsterte eine leise Stimme ihm zu. Er schluckte. Nein, niemand suchte nach ihm und schon gar nicht Vater. Er würde nur denken, er, Connlan, hätte seine Drohung wahr gemacht und sei fortgegangen, weil er Mairead nicht heiraten wollte. Sein ganzer Clan sah ihn höchstwahrscheinlich als Verräter an, der nicht bereit war, ein kleines Opfer zum Wohle aller zu bringen, obwohl es seine Pflicht war, als zukünftiger Chief seine persönlichen Belange hinter die des Clans zu stellen. Er musste so schnell wie möglich fliehen und versuchen zu retten, was noch zu retten war. Die Blutfehde durfte nicht wieder aufflammen.

Er zerrte an den Stricken, doch alles was er erreichte, war, dass sie ihm schmerzhaft ins Fleisch schnitten. Ein Geräusch von draußen ließ ihn innehalten. Die Tür ging auf und eine Frau mittleren Alters trat ein. Ein verführerischer Duft wehte zu ihm herüber und löschte schlagartig jeden vernünftigen Gedanken. Ein roter Schleier legte sich über seine Sicht und ein ziehender Schmerz zerriss ihm den Kiefer. Überdeutlich erkannte Connlan die Adern unter der Haut der Frau, sah, wie das Blut rhythmisch hindurchpumpte. Er spürte die Wärme förmlich, die von dem roten Lebenssaft ausging. In seinem Kopf herrschte nur ein einziger Gedanke: Er wollte seine Zähne in ihre Kehle schlagen. Diese Wärme in sich aufnehmen. Noch nie in seinem Leben hatte er etwas dringender gebraucht oder mehr begehrt. Sie hatte bereits die Mitte des Zimmers erreicht, als er wie besessen an seinen Fesseln zerrte. Er musste sich von ihnen befreien. Musste die Frau packen. Musste seine Zähne in ihr Fleisch senken.

Sie blieb stehen und musterte ihn. In ihren grünen Augen stand Furcht. Dennoch blieb sie, wo sie war, und hielt ihren Blick auf ihn gerichtet.

»Ich kann Euch geben, wonach Ihr verlangt. Doch dafür müsst Ihr Euch beruhigen.«

Etwas in ihrer Stimme erreichte seinen umnebelten Verstand und ließ ihn wieder klar denken. Connlan hörte auf, sich gegen die Stricke zu wehren. Langsam trat sie einen Schritt vorwärts. Alles in ihm schrie danach, die Fesseln zu sprengen und aufzuspringen, doch er hielt still. Rührte sich nicht. Fixierte sie nur. Sie tat einen weiteren Schritt, während sie abzuwägen schien, ob sie ihm trauen konnte. Schließlich überbrückte sie die restlichen Meter und ging vor ihm auf die Knie. In ihrer Hand hielt sie eine hölzerne Schale, deren unwiderstehlicher Geruch ihm schier den Verstand raubte. Sie hob sie an seine Lippen. Der erste Tropfen entfachte eine wahre Geschmacksexplosion. Er wollte mehr. Gierig trank er die Flüssigkeit. Wärme breitete sich von seinem Magen über den gesamten Körper, bis hin zu den Finger- und Fußspitzen aus. Allmählich fühlte er sich kräftiger. Zwar nicht vollständig wieder hergestellt, doch auch nicht mehr so krank.

Die Frau erhob sich und brachte ein paar Schritte Distanz zwischen sie. Dabei ließ sie ihn keine Sekunde aus den Augen. »Wie fühlt Ihr Euch?«

»Besser, danke.« Seine Stimme klang kratzig und er räusperte sich. »Wo bin ich? Und was hast du mit mir gemacht? Und wieso bin ich gefesselt?«

»Reine Schutzmaßnahme. Mein Name ist Brenda Fitzpatrick. Könnt Ihr Euch noch an irgendetwas erinnern?«

Fitzpatrick? Die irische Hexe, die außerhalb des Dorfes eine kleine Hütte im Wald bewohnte. Was hatte das zu bedeuten?

»MacLeod?« Fragend blickte sie auf ihn herab.

»An nicht sonderlich viel.«

»Auch nicht an die Frau?«

An welche Frau? Er schüttelte den Kopf. »Nein.« Vor seinem geistigen Auge tauchte plötzlich eine zierliche Gestalt auf. Die Erinnerung an feingliedrige Finger, raschelnde Seidenstoffe und Lavendel stieg empor. »Warte … doch. Sie tauchte plötzlich aus dem Nebel auf. Sie war stärker als sie aussah. Ich konnte mich nicht aus ihrem Griff befreien.«

Brenda nickte. »Sie hat Euch gebissen. Euer Blut getrunken. Sie muss verletzt gewesen sein, anders ist es nicht zu erklären.«

»Wovon zum Teufel, redest du da?«

»Sie hat Euch zum Vampir gemacht. Nicht absichtlich. Soviel ist sicher. Ihr solltet ihr wohl lediglich als Stärkung dienen.«

»Mac!« Dennis Stimme riss ihn aus seinen Erinnerungen.

»Was? Tut mir leid, ich habe dir eben nicht zugehört.«

»Habe ich gemerkt. Ich sagte, der Kerl wird lästig. Fünf Opfer innerhalb von einer Woche, vier davon sind tot. Wir müssen ihn stoppen, bevor es noch mehr Tote gibt.«

»Ja.« Allerdings bezweifelte er, dass es sich um nur einen Vampir handelte. Und dann die Auswahl der Opfer. Alles Kundinnen von Mia. Natürlich konnte es Zufall sein, doch er glaubte nicht daran. Da steckte mehr dahinter. Die große Preisfrage lautete: was? Welches Motiv verfolgten die Vampire? Damit war der nächtliche Angriff im Park auf Jowna höchstwahrscheinlich ebenfalls geplant gewesen. Da er den Angreifer jedoch eliminiert hatte, bestätigte das in seinen Augen nur die Annahme, es mit mehr als einem Täter zu tun zu haben. Und wenn dem so war, musste er dafür sorgen, dass sich der Angriff auf Jowna nicht wiederholte.

*

»Wieso bist du nicht angezogen?« Kathrin stand in der Tür, die Hände in die Taille gestemmt und musterte sie missbilligend.

»Was meinst du mit nicht angezogen?« Jowna blickte an sich hinunter. Gut, die alte ausgeleierte Jogginghose und das verwaschene Sweatshirt gaben nicht viel her, aber es waren definitiv Bekleidungsstücke.

»Du hast unsere Verabredung vergessen«, klagte Kathrin.

Jowna runzelte die Stirn. Sie konnte sich nicht erinnern, mit Kathrin für heute etwas ausgemacht zu haben.

»Die Oldtimerausstellung«, half Kathrin ihr auf die Sprünge.

Shit! Sie griff sich an die Stirn. »Tut mir leid, Kat. Das hab ich tatsächlich vollkommen vergessen.« Sie verzog das Gesicht. Das kam davon, wenn man die ganze Zeit an einen gut aussehenden Kerl dachte, der die verworrensten Gefühle in einem hervorrief. »Gib mir fünf Minuten.«

»Ich gebe dir sogar zehn. Ist ja nicht so, als müssten wir zu einer bestimmten Uhrzeit dort sein.«

»Ich beeil mich auch«, versprach Jowna im Hinausgehen.

Acht Minuten später stand sie frisch geduscht im Zimmer und öffnete den Kleiderschrank. Schnell schlüpfte sie in eine schwarze Jeans und einen cappuccinofarbenen Pullover, dann band sie sich das Haar zu einem Zopf. Sie legte noch ein wenig Wimperntusche und Kajal auf. Fertig.

Eine halbe Stunde später betraten sie die große Halle. Und schon beim ersten Auto brach Kathrin in Begeisterung aus. Aufgeregt schubste Kathrin sie an. »Schau nur, Jo. Ein 63er Buick Riviera. Ist der nicht klasse? Und direkt daneben steht ein 67er Chevrolet Impala. Komm schon, die muss ich mir näher ansehen.«

Jowna folgte ihrer Freundin gehorsam und ließ Kathrins nicht enden wollenden Redeschwall bezüglich technischer Daten, Ausstattung, Motorleistung und dergleichen mehr über sich ergehen.

»Ja wen haben wir denn hier?«

Jowna drehte sich um und erblickte Dennis, der breit grinsend vor ihr stand. Daneben, mit einem Gesichtsausdruck, der wahrscheinlich ihren eigenen zu hundert Prozent widerspiegelte, Connlan MacLeod. In ihrem Bauch stob ein Schwarm Schmetterlinge auf und an ihrer Wirbelsäule kribbelte es kaum merklich. Was erneut eine Irritation hervorrief. Wieso meldete sich ihr Vampirwarnsystem schon wieder? Das hieß, richtig melden tat es sich nicht. Es war eher so, als streifte es jemand und versetzte es in minimale Schwingung. Nicht viel, aber spürbar. Das hatte es noch nie getan. Nur bei Connlan.

»Ich wusste gar nicht, dass du dich für Oldtimer interessierst, Jo. Hätte ich das geahnt, hätte ich Mac nicht mit hierherschleifen müssen.«

»Tue ich nicht. Ich bin nur meiner Freundin zuliebe hier.«

Dennis Blick glitt an ihr vorbei und blieb an Kathrin hängen. Sein Lächeln vertiefte sich.

»Darf ich vorstellen? Kathrin Michaels. Kat, das sind Dennis Jäger und Connlan MacLeod.«

»Freut mich«, sagte Dennis und schüttelte Kathrin die Hand.

»Ganz meinerseits«, erwiderte Kathrin, bevor sie sich an Connlan wandte. »Hallo, schön Sie kennenzulernen.«

»Ich freue mich ebenfalls.«

Das Lächeln, das Connlan Kathrin schenkte, versetzte Jowna einen Stich. War ja klar. Normalerweise machte es ihr nichts aus, bei den Männern nicht die gleiche Wirkung zu erzielen wie ihre Freundin. Doch zum ersten Mal verspürte sie so etwas wie Eifersucht.

»Was hältst du von dem 58er Olds, Kathrin?«, fragte Dennis.

»Kat«, verbesserte Kathrin ihn.

»Kat.« Er schenkte ihr ein Lächeln.

»Der ist fantastisch. Ein Super 88 Modell. 305 PS, sechs Liter, acht Zylinder. Und diese Lackierung in Gold und Creme ist echt ein Traum. Und erst die Chromteile, kaum ein Kratzer.«

»Sieht ganz so aus, als hätten sich da zwei gefunden«, flüsterte Connlan direkt neben Jownas Ohr.

Ein Schauer durchlief sie. Sie wandte ihm das Gesicht zu und berührte ihn fast mit der Nasenspitze. Tief atmete sie seinen Duft ein. Ihr schwindelte und das Kribbeln in ihrem Magen verstärkte sich. »Scheint so. Aber es freut mich für Kat. Ich habe nicht die Hälfte von dem verstanden, was sie mir über die Wagen erzählte. Mehr als ein ›Das Auto gefällt mir‹ oder ›Das Auto ist nicht so mein Fall‹ konnte ich zu der Unterhaltung nicht beitragen.«

Connlan lachte leise und Jowna wurde es warm. Ihr Herz schlug stärker gegen die Brust.

»Genau wie ich. Und womit wollen wir uns die Zeit vertreiben, während die beiden fachsimpeln?«

Erneut lief ihr ein Kribbeln an der Wirbelsäule entlang, doch diesmal so heftig, dass es nicht an Connlan liegen konnte. Als hätte jemand eiskaltes Wasser über ihr ausgegossen, klärten sich ihre Sinne.

Shit. Das konnte nur bedeuten, ein Vampir hielt sich in der Nähe auf. Ausgerechnet jetzt, wo sie nichts lieber täte, als Connlan besser kennenlernen. Wer wusste schon, wann und ob sich ihr jemals wieder eine solche Gelegenheit bot. Jowna atmete tief ein. »Tut mir leid, aber ich muss ganz dringend für kleine Mädchen.«

Sie ließ einen verdutzt dreinblickenden Connlan stehen und verschwand in der Menge.

Mist, Mist, Mist!

Warum musste sich unbedingt jetzt so ein verfluchter Blutsauger hier herumtreiben? Ausgerechnet hier, wo es vor Menschen nur so wimmelte. Es war jetzt schon das zweite Mal, dass sich so ein Vampir völlig untypisch verhielt. Aber vielleicht handelte es sich um den Deckskerl, der Mia angegriffen hatte. In dem Fall hoffte sie, ihn zu erwischen. Ihr Blick wanderte über die Menschenmenge. In einiger Entfernung entdeckte sie Betty Wegner, die soeben in der Damentoilette verschwand. Noch bevor die Tür hinter der älteren Frau ins Schloss fiel, huschte ein Schatten, so schnell, dass er kaum wahrnehmbar war, hinter der Frau her. Jowna sprintete die letzten Meter zur Tür, riss sie auf und schnellte hinein.

Der Vampir ließ augenblicklich von Betty ab und drehte sich ihr zu. Verärgerung über die Störung zeichnete sich in seinem ausgemergelten Gesicht ab. Das stumpfe braune Haar hing ihm wirr über die leichenblasse Stirn. Der schmallippige Mund war zu einer Grimasse verzerrt und sein stechender Blick musterte Jowna von Kopf bis Fuß. Seine Haltung entspannte sich und in seinen Augen konnte sie deutlich lesen, dass er sie als harmlos einstufte. Ein Fehler, den die meisten männlichen Gegner machten und den sie gnadenlos auszunutzen verstand. Sein Blick wurde eindringlich und mit einer Stimme, die einen stark hypnotisierenden Klang aufwies, säuselte er: »Komm her, Schätzchen.«

Jowna trat zögernd einen Schritt vorwärts.

»Ja, komm her. So ist's gut.« Seine Lippen zogen sich ein Stück höher, als er sah, wie sie langsam näherkam. »Du wirst mein Snack vorweg sein, bevor ich mich der alten Hexe widme«, murmelte er leise.

Jowna stand nur noch zwei Schritte von dem Vampir entfernt. »Wohl kaum«, antwortete sie ebenso leise.

Seine Augen weiteten sich, dann griff er mit einer schnellen Bewegung nach ihr. Sie schlug die Hand beiseite und verpasste ihm mit der Rechten einen Faustschlag auf die Nase. Wie ein getroffenes Tier heulte er vor Schmerz auf. Sofort setzte sie mit einem Tritt in den Magen nach. Mit dem Rücken krachte der Vampir gegen eine der Toilettentüren. Sein wütender Schrei hallte von den Wänden wider. Mit einem Satz sprang er auf die Füße und schnellte nach vorn, trieb ihr die Faust mit der Wucht eines Presslufthammers in die Magengrube. Keuchend entwich ihr die Luft und sie sackte wie ein Klappmesser zusammen. Er riss das Knie hoch, wollte es ihr ins Gesicht rammen. In letzter Sekunde wich sie der Attacke aus, versetzte ihm mit dem Ellbogen einen Schlag in die Seite und hieb mit der Handkante gegen seinen Kehlkopf. Der Vampir legte beide Hände um den Hals und machte Schnappbewegungen wie ein Fisch auf dem Trockenen. Als wenn er Sauerstoff benötigte. Vampire atmeten nur, damit sie Gerüche wahrnahmen. Jowna griff nach dem Pflock in der Jackeninnentasche und zog ihn heraus. Zeitgleich schoss der Vampir nach vorn. Jowna drehte sich zur Seite weg, nutze den Schwung und stieß ihm den Holzpflock ins Herz. Mit weit aufgerissenen Augen, in denen sich Ungläubigkeit spiegelte, blickte der Vampir an sich hinunter auf den Pflock. Seine Kleidung und Haut färbte sich vom Einstich ausgehend schwarz, dann zerfiel er zu Asche, als wäre er zuvor in Brandbeschleuniger getaucht und anschließend entzündet worden. Sie steckte die Waffe zurück in die Innentasche. »Alles in Ordnung, Betty?«

Betty nickte.

»Gut. Ich werde draußen nachsehen gehen, ob er alleine war.«

»Danke. Pass auf dich auf, Kind. Zurzeit treiben sich mal wieder viel zu viele dieser widerlichen Blutsauger in unserem schönen Städtchen herum.«

Sie deutete ein kurzes Nicken an und verschwand zur Tür hinaus, wo sie prompt mit Connlan zusammenprallte.

»Alles in Ordnung?« Seine Hände umfassten ihre Schultern und verhinderten, dass sie nach hinten wegtaumelte.

»Heiliger Bimbam! Was machen Sie vor der Damentoilette?«, fuhr sie ihn an.

»Tut mir leid, wenn ich Sie erschreckt habe.«

Jowna machte eine wegwerfende Handbewegung. »Schon gut, ist ja nichts passiert.«

Connlan hob den Blick und schaute über ihren Kopf hinweg. Mit einem dumpfen Klicken fiel die Tür ins Schloss. Täuschte sie sich, oder spiegelte sich da Frustration in seinen Augen? Doch er hatte seine Emotionen sofort wieder im Griff, denn der Ausdruck verschwand so schnell, wie er gekommen war.

»Wir sollten zu Kat und Dennis zurückgehen.«

Er nickte, dann hielt er ihr mit einer leichten Verbeugung den Arm hin. Sie nahm ihn und hakte sich unter. Da, wo ihre Finger seinen Arm berührten, bitzelte es, als fließe Strom hindurch. Verstohlen musterte sie ihn von der Seite. Sein Haar war glatt und mit einem Lederband im Genick zu einem Zopf zusammengenommen. Auf seinem ausgeprägten Kinn schimmerte ein schwacher Bartschatten und seine Lippen waren sinnlich geschwungen. Wie es wohl war, von ihnen geküsst zu werden? Und wie er wohl schmeckte? Ein starker Drang, sich zu ihm zu beugen um es herauszufinden, überkam sie. Hoppla, was waren denn das für Gedanken? Sie sollte sie ganz schnell in den hintersten Winkel ihres Gehirns verbannen.

»Und, wie lautet das Urteil?«

Shit. Er hatte sie erwischt. Wie peinlich. Sollte sie es abstreiten? Nein, so feige war sie nicht. »Ein wenig Sonne täte Ihnen sicher gut. Sie sind so blass wie ein Leichentuch.«

Ein weiteres Mal an diesem Abend vernahm sie sein leises melodiöses Lachen.

»Ich gehöre zu der Sorte, die nicht braun wird. Sie sollten Ihren Ratschlag selbst beherzigen, Jowna. Sie sind nämlich auch reichlich blass um die Nase.«

»Leider macht die Bräune auch um mich einen Bogen, dafür jede Menge Rottöne.«

»Was hat jede Menge Rottöne?«, wollte Dennis wissen, der ihre letzten Worte wohl mitbekommen hatte.

»Ich«, antwortete Jowna.

Dennis blickte verständnislos von einem zum anderen.

»Connlan und ich unterhielten uns gerade über Sonnenbräune«, klärte sie ihn auf.

»Oh je, setze Jo eine halbe Stunde der prallen Sonne aus und sie macht einem Hummer in kochendem Wasser Konkurrenz«, sagte Kathrin und kicherte.

Jowna boxte Kathrin spielerisch gegen den Oberarm. »Wie sieht es aus, bist du durch, Kat?«, lenkte sie vom Thema ab.

»Ja. Schade nur, dass kein Mustang dabei war.«

»Die Dame würde gerne einen Mustang sehen? Wie wäre es mit einem mitternachtsblauen Ford Mustang 260 Cabrio, Baujahr 1965?«

»Der ist hier? Wo? Ich habe ihn zwar schon in der Gegend herumfahren sehen, aber nur von Weitem. Den würde ich mir wahnsinnig gerne aus der Nähe ansehen.«

»Ihr Wunsch ist mir Befehl, junge Frau.« Dennis hielt ihr mit einer übertriebenen Verbeugung den Arm hin.

Kathrin hakte sich lachend bei ihm unter und schon marschierten sie gemeinsam zum Ausgang.

»Mir scheint, wir sind schon wieder abgesagt.« Connlan schmunzelte.

»Ich kann damit gut leben, solange Kat sich amüsiert.«

»Wie großzügig.« Seine kobaltblauen Augen blitzten sie belustigt an.

Ihr wurden die Knie weich und sie musste sich räuspern. »Ganz und gar nicht. Reiner Egoismus meinerseits. Morgen ist Edelsteinmarkt und damit kann Kat nicht viel anfangen.«

»Welch ein Zufall. Den wollte ich auch besuchen und mir geht es mit Dennis wie Ihnen mit Kat. Was meinen Sie, wollen wir zusammen hingehen? Dann könnten die beiden noch ein wenig über Autos fachsimpeln, während wir uns in Ruhe den Edelsteinen widmen.«

Jownas Magen schlug Purzelbäume bei der Aussicht, ihn morgen wiederzusehen. »Warum nicht?« Sie versuchte, so gleichgültig wie möglich zu wirken. Auf keinen Fall wollte sie, dass er mitbekam, wie nervös sie der Gedanke machte, weitere Stunden in seiner Gesellschaft zu verbringen.

»Dennis und ich holen sie beide morgen um zehn Uhr ab. Sagen Sie mir nur wo.«

»Bei mir.«

»In Ordnung.«

Connlan gesellte sich zu Dennis und Kathrin. Er flüsterte etwas in Dennis Ohr, der daraufhin strahlte und nickte. »Was hältst du von einer Probefahrt morgen?«, fragte er an Kathrin gewandt.

In Kathrins Augen trat ein Leuchten. »Das wäre super.«

»Gut, dann sehen wir uns morgen. Ich wünsche den Ladys eine gute Nacht.«

»Gute Nacht«, echote es von allen Seiten.

Jowna hob kurz die Hand zum Gruß, dann hakte sie sich bei Kathrin unter und zog sie mit zum Auto. Auf der gesamten Heimfahrt schwärmte Kathrin unentwegt von dem Ford Mustang und Dennis. Da schien sich etwas anzubahnen. Das hätte sie sich denken können, immerhin passte Dennis, rein vom Äußeren her, genau in Kats Beuteschema. Doch in einer Sache unterschied sich Dennis von den weichgespülten Schönlingen, mit denen ihre Freundin bisher zusammen war. Er strahlte unterschwellig Härte aus. Diese Härte hatte sie beim Training kennengelernt, und zwar zu dem Zeitpunkt, als ihm bewusst wurde, dass er sie unterschätzt hatte und er anfing, sie als Gegner ernst zu nehmen.

*

Gierig leerte Connlan den Becher. Es war bereits sein sechster und eigentlich müsste er gesättigt sein, doch noch immer nagte ein Hungergefühl in seinen Eingeweiden. Außerdem fühlte er sich von Tag zu Tag entkräfteter. Er stellte den Becher auf den Tisch und barg das Gesicht in den Händen. Sein Verlangen nach menschlichem Blut wurde mit jedem Augenblick stärker und es kostete ihn stündlich mehr Willenskraft, nicht über Brenda oder ihren Sohn Angus herzufallen.

Er spürte Brendas besorgten Blick, die nur wenige Schritte entfernt Kartoffeln schälte. Er sollte fortgehen. Zu Brendas und Angus Sicherheit. Doch dazu fehlte ihm der Mut. Die Wahrheit war, er kam nicht sonderlich gut mit seinem neuen Leben zurecht und Brenda war die Einzige, die verhinderte, dass er zu einem kompletten Monster mutierte. Allerdings entpuppte sich ihre Theorie, er könne sich von Tierblut ernähren, als Fehlschlag. Sicher, es hielt ihn am Leben, aber es stillte nicht das Verlangen und sein Körper regenerierte sich nicht vollständig. Er fühlte sich schwach und kränklich.

»Aua, verdammt!«

Der Duft traf ihn mit der Wucht eines fallenden Ambosses und schaltete sein Denken aus. Er schoss in die Höhe, dabei warf er den Stuhl polternd um, nur um in derselben Sekunde Brenda zu packen. Erschrocken schrie sie auf. Unsanft schleuderte er sie gegen die Wand und hielt sie an Ort und Stelle. Seine Finger gruben sich tief in ihre Schultern. Er sah das schnelle Pochen ihrer Halsschlagader, hörte, wie das Blut hindurchrauschte. Es versprach Leben. Er brauchte es. Wollte es. Seine Zähne gruben sich tief in das zarte Fleisch.

»Connlan, hör auf!«

Ihre eindringlich gesprochenen Worte vernahm er zwar, aber deren Sinn blieb hinter dem roten Nebelschleier verborgen. Nur eins zählte. Der unwiderstehlich süße Geschmack, der sich in seinem Mund ausbreitete.

Er wollte mehr davon.

Stechender Schmerz traktierte sein Gehirn. Raubte ihm die Sinne. Er ließ von Brenda ab und presste die Hände seitlich gegen die Schläfen, als könne er dadurch dem Schmerz Einhalt gebieten. Er sank auf die Knie und stöhnte. Dann wurde ihm schwarz vor Augen und er verlor das Bewusstsein.

Als er wieder zu sich kam, lag er gefesselt am Boden. Was hatte er getan? Brenda. Ob er sie schwer verletzt hatte? Oh Gott, bitte nicht. Er suchte das Zimmer mit Blicken ab, doch sie war nicht hier. Was er ihr nicht verdenken konnte. Sie hätte ihm ein Pflock durchs Herz jagen sollen. Das wäre besser. Früher oder später würde er jemanden töten, das war ihm jetzt klar. Das Verlangen nach Menschenblut war einfach zu groß. Die Tür öffnete sich und Brenda trat ein. Um ihren Hals lag ein Schal geschlungen, wohl um die Wunde zu verbergen. »Es tut mir unendlich leid, Brenda.«

»Ich weiß. Und es ist nicht deine Schuld.«

»Nicht meine Schuld?« Er schnaubte abfällig, angewidert von sich selbst. »Natürlich ist es das. Wessen sonst? Ich bin schwach. Du solltest mich töten, bevor ich dir wirklich wehtue, oder schlimmer noch … Angus.«

»Nein.« Sie schüttelte den Kopf.

Nein? Unglaublich. Was musste denn noch passieren, bevor sie endlich einsah, welch ein Monster er war und welch potenzielle Gefahr er darstellte? »Brenda, bitte …«

»Nein, Connlan, hör zu. Es ist meine Schuld. Du hast gesagt, dass du dich nicht gut fühlst, dass das Tierblut nicht ausreicht. Ich hätte nicht darauf bestehen dürfen, es weiter zu versuchen. Was du brauchst, ist menschliches Blut. Ich hätte dafür sorgen müssen, dass du es bekommst, anstatt deine Bedenken zu ignorieren.«

»Bist du verrückt? Ich …«

»Warte, lass mich zu Ende sprechen. Ich möchte etwas anderes ausprobieren. Vielleicht ist es auch nicht die perfekte Lösung, aber möglicherweise erlaubt es dir, das Verlangen in den Griff zu bekommen.«

»Und wie soll das funktionieren?«

»Nach wie vor wird Tierblut deine Hauptmahlzeit sein. Doch zusätzlich möchte ich, dass du täglich eine kleine Dosis Blut von mir trinkst.«

Er erstarrte.

Das konnte sie unmöglich ernst meinen.

Was, wenn er die Kontrolle verlor und sie tötete?

Das Risiko war viel zu hoch.

»Ich kann dich aufhalten, wenn du die Kontrolle verlierst«, sagte sie so schnell, als könnte sie seine Gedanken lesen. »So wie vorhin. Connlan, lass es uns versuchen.« Flehend blickte sie ihn an.

Keuchend schreckte Connlan aus dem Schlaf. Zum Teufel noch mal, wieso suchten ihn in letzter Zeit ständig die Geister seiner Vergangenheit heim? Er fuhr sich mit der Hand durchs Haar. Und wieso mussten diese verdammten Träume so real sein? Dabei hatte er gedacht, es hinter sich gelassen zu haben. Die Erinnerungen im hintersten Winkel seines Gehirns vergraben zu haben. Jahrhundertelang war es ihm auch gelungen. Keinen einzigen Gedanken hatte er mehr an die Vergangenheit verschwendet, bis sie in diese Stadt gezogen waren. Plötzlich suchten sie ihn heim und wurden von Nacht zu Nacht intensiver, drängender. Wenn er nur wüsste, was der Auslöser dafür war. Er stieß einen Knurrlaut aus.

Jetzt brauchte er erst einmal eine Tasse Kaffee, um seine Nerven zu beruhigen. Also schwang er sich aus dem Bett und ging nach unten in die Küche.

*

Ruckartig setzte sich Jowna auf und fuhr sich mit der Hand übers Gesicht. Der Schlafanzug klebte unangenehm auf der schweißnassen Haut. Dieser vermaledeite Traum quälte sie mittlerweile jede Nacht und von Mal zu Mal wurde er intensiver.

Sie erhob sich und schlurfte ins Bad. Mit wenigen Handgriffen entledigte sie sich des Schlafanzuges und ließ ihn zu Boden fallen, dann drehte sie die Knöpfe an der Armatur des

Duschkopfes auf. Warmes Wasser prasselte auf sie herab und sie schloss seufzend die Augen. Allmählich entspannten sich ihre verkrampften Muskeln und der Nachhall des Traumes verblasste. Er besaß eine tiefere Bedeutung, da war sie sich sicher. Nur welche? Ob es sich um eine Vorahnung handelte? Eine Warnung vor einem Ereignis, einer Gefahr, die es zu verhindern galt? Vielleicht sollte sie die Frau aus dem Traum retten. Sie stellte das Wasser ab und hüllte sich in ein Badetuch, dann nahm sie ein Handtuch und schlang es um den Kopf.

Nein, da passte etwas nicht zusammen. Die Frau trug Kleidung, die an ein vergangenes Jahrhundert erinnerte. Und auch die schemenhaft erkennbaren Hütten im Nebel zeugten von einer verflossenen Zeit. Die Frau war vermutlich schon ein paar hundert Jahre tot. Ob es womöglich einen Zusammenhang zwischen ihr und den Morden der vergangenen Tage gab? Aber welchen? Vielleicht … nein, das war zu weit hergeholt. Oder? Was, wenn die Frau in jener Nacht zum Vampir geworden war und jetzt hier in der Stadt ihr Unwesen trieb? Allerdings erklärte es nicht die Träume. Und davon mal abgesehen waren es bisher nur männliche Vampire, denen sie begegnet war. Also, wo war die Verbindung? Gab es überhaupt eine oder stand der Albtraum in keinerlei Zusammenhang mit den Morden in letzter Zeit?

Jowna schlüpfte in Jeans und Pullover. Sie musste der Sache auf den Grund gehen, sonst würde sie noch verrückt werden.

Aber nicht jetzt. Jetzt ging sie erst einmal mit Connlan, Kathrin und Dennis auf den Edelsteinmarkt und vorher genehmigte sie sich noch ein ausgiebiges Frühstück mit Paps. Die Nachforschungen konnten bis zum Nachmittag oder Abend warten. Sie liefen ja nicht weg. Ihr Herzschlag beschleunigte sich beim Gedanken an Connlan und ein erwartungsvolles Vibrieren ging durch ihren Körper. Hoffentlich bekam sie heute mehr Gelegenheit ihn kennenzulernen als gestern.

»Herrje, sag bloß du hast noch nie Schweinshaxen gegessen?« Ehrlich empört blickte Jowna Connlan an.

»Natürlich hab ich schon Schweinshaxen gegessen, nur nicht in letzter Zeit und noch nie im Blauen Jockel.«

»Also, da hast du definitiv etwas verpasst. Dort gibt es die Besten weit und breit.«

»Ich werde es mir merken.«

Connlan schenkte ihr ein Lächeln, dann wandte er sich der Auslage des nächsten Standes zu. Jowna seufzte innerlich. Seit zwei Stunden schlenderten sie von Stand zu Stand und unterhielten sich, doch über Connlan hatte sie so gut wie nichts herausgefunden. Sämtlichen Fragen war er bereits im Vorfeld ausgewichen, indem er das Thema jedes Mal geschickt wechselte. Sie hatte lediglich erfahren, dass Dennis sein bester Freund war und sie vor einem halben Jahr in die Stadt gezogen waren, weil Dennis in das hiesige Polizeirevier versetzt worden war. Also, nur das, was sie bereits wusste.

Jowna trat neben Connlan und ließ ihren Blick desinteressiert über die Ware schweifen. Sie wollte sich schon abwenden, als etwas im Augenwinkel ihre Aufmerksamkeit erregte. Sie schaute zurück und entdeckte einen etwa golfballgroßen Amethyst-Elestial. »Darf ich?« Sie deutete mit dem Finger darauf und blickte den Verkäufer fragend an. Der nickte und reichte ihr den Stein. Kaum berührte das Mineral ihre Handfläche, spürte sie die kraftvollen Schwingungen, die von ihm ausgingen. Es gab mehrere Fenster, die einen Einblick in die tiefer gelegenen Schichten erlaubten. Milchig weiße Schlieren durchzogen wie Nebelstrudel die mal mehr mal weniger ausgeprägte lila Färbung des Kristalls. Er war makellos und wäre eine enorme Hilfe bei der Ergründung des Traums. »Ich nehme ihn.«

Sofort erhellte ein Strahlen das Gesicht des Verkäufers.

»Menschenskind, Jo! Warum hast du nicht versucht, den Händler im Preis zu drücken?«, fragte Kathrin kopfschüttelnd, als sie mit ihrer Errungenschaft zu ihnen trat.

»Weil der Preis in Ordnung ist. Der Amethyst ist von erstklassiger Qualität.«

»Wenn du meinst. Ich würde jedenfalls keine paar hundert Euro für 'nen Stein ausgeben. Selbst wenn er so schön aussieht wie dieser.«

»Und ich keine paar Zigtausend für alte Autos.«

Kathrin lachte. »Touché! Was haltet ihr davon, anschließend Essen zu gehen?« Erwartungsvoll schaute Kathrin in die Runde, dabei blieb ihr Blick länger auf Dennis gerichtet.

»Tut mir leid, aber ich kann nicht. Ich muss noch etwas erledigen, das ich nicht aufschieben kann. Aber das soll euch nicht davon abhalten«, sagte Connlan.

Enttäuschung wallte wie eine Woge durch Jowna. Wenn Connlan nicht mitging, dann brauchte sie ebenfalls nicht gehen. »Und ich habe Paps versprochen, heute mit ihm zu essen. Aber Dennis geht bestimmt mit dir, Kat.«

»Klar, es sei denn, du möchtest nicht mit mir allein essen.«

»Warum sollte ich das nicht wollen?«

Dennis zuckte mit den Schultern. »Keine Ahnung. Vielleicht hast du ja Angst vor mir?«

Kathrin lachte. »Ganz sicher nicht. Du solltest eher Angst vor mir haben«, sagte sie und zwinkerte Dennis zu.

*

Verdammt und zugenäht! Jowna blickte auf. Irgendetwas machte sie falsch. Sie erhielt einfach keinen Zugang zu dem Traum. Zum Teil lag es bestimmt daran, dass ihre Gedanken ständig abschweiften. Immer wieder musste sie an den Vormittag und Connlan denken. Auch zu ihm hatte sie keinen Zugang gefunden. Oh, er hatte sich nett mit ihr unterhalten, über Edelsteine, über das Wetter, über Gott und die Welt, doch er hatte nichts über sich selbst preisgegeben. Wo sie gescheitert war, hatte er Erfolg gehabt. Im Nachhinein bewunderte sie seine raffinierte Vorgehensweise, mit der er ihr persönliche Dinge entlockt hatte. Als er sich dann zurückzog und nicht mit Essen gehen wollte, hatte sie ebenfalls keine Lust gehabt mitzugehen. Sie wäre sowieso nur das fünfte Rad am Wagen gewesen, denn zwischen Kathrin und Dennis schien es ganz offensichtlich heftig gefunkt zu haben.

Und so saß sie jetzt bereits eine geschlagene Stunde vor dem Edelstein und starrte ihn an. Doch nichts geschah. Kurz entschlossen stand sie auf, packte den Amethyst-Elestial in eine Tasche und ging hinunter in die Diele, wo sie dem alten Butler begegnete. »Thomas, richten Sie doch bitte meinem Vater aus, dass ich nicht zum Abendessen zu Hause sein werde.«

»Sehr wohl, Fräulein Jowna.«

Mit ausgreifenden Schritten machte sie sich auf den Weg zu Rachel. Fünfzehn Minuten später klingelte sie und hoffte, Rachel wäre daheim und nicht bei ihrer Schwester Mia im Krankenhaus.

»Jo, was führt dich zu mir?«

»Hallo Rachel. Ich brauche deine Hilfe.«

»Komm rein, Kind.«

Rachel öffnete die Tür ein Stück weiter und ließ sie eintreten. Sofort empfing ein graugetigerter Kater Jowna maunzend. »Hallo Moon.« Sie bückte sich und kraulte den Kater hinter den Ohren. Schnurrend strich er um ihre Beine, dann trottete er ins Wohnzimmer. Jowna folgte ihm und nahm neben ihm auf der Couch Platz.

Rachel setzte sich ihr gegenüber in den Sessel. »Dann erzähl mal, wo drückt der Schuh?«

Jowna berichtete ihr von dem immer wiederkehrenden Traum und ihrem vergeblichen Versuch, ihn mithilfe des Kristalls zu ergründen. Rachel hörte schweigend zu. Anschließend nahm sie den Amethyst-Elestial in Augenschein. »Das ist ein wirklich schönes Exemplar und es besitzt starke Schwingungen, ist also erstklassig für dein Vorhaben geeignet. Allerdings solltest du zusätzlich das Traumritual durchführen, damit du den Traum besser fokussieren kannst.«

Wie dumm von ihr, warum hatte sie nicht selbst daran gedacht? Rachel stand auf und trat an den Wohnzimmerschrank, aus dem sie fünf andersfarbige Kerzen nahm. »Hier. Ich habe sie speziell für das Ritual hergestellt und gesegnet.«

»Danke.« Jowna steckte die Kerzen zusammen mit dem Kristall in die Tasche.

Ein Schlüssel knirschte im Schloss. »Juhu, Rachel, ich bin wieder zu Hause.« Mias Ruf hallte durch den Flur.

»Mia! Aber du solltest doch erst frühestens morgen entlassen werden, sofern deine Blutwerte sich gebessert haben.«

»Ja, doch ich wollte heim. Mir geht es gut und ich hasse Krankenhäuser, also habe ich mich auf eigene Verantwortung entlassen. Und da Mac gerade vorbeikam, um mich zu besuchen, habe ich ihn gebeten, mich mit nach Hause zu nehmen.« Mia ging auf Rachel zu und umarmte sie. Hinter ihr betrat Connlan das Wohnzimmer.

»Hallo«, grüßte er mit samtener Stimme, die ein Schauer durch Jownas Körper jagte.

»Jo, schön dich hier zu sehen.«

»Mia.« Sie umarmte die ältere Frau, die noch immer besorgniserregend blass aussah. »Hatten wir uns nicht erst gestern darüber unterhalten, dass es besser wäre abzuwarten, bis die Ärzte dich entlassen?«

»Ach Kind, du kennst mich doch. Darf ich dir unseren Nachbarn vorstellen?«

»Wir sind uns bereits bekannt, Mia«, sagte Connlan. »Hallo, Jo. Lange nicht mehr gesehen.« Ein schelmisches Grinsen umspielte seine Lippen.

»Hallo, Mac. Ja, wahnsinnig lange her. Ganze vier Stunden.«

»Eine halbe Ewigkeit.«

Connlans Blick brannte sich in ihren und sandte eine Hitzewelle durch ihren Körper. Flirtete er etwa mit ihr oder wollte er sie aufziehen? Besser sie interpretierte da nichts hinein. »Ich werde dann besser mal wieder gehen.«

»Erzähl mir, ob es funktioniert hat«, sagte Rachel.

»Selbstverständlich. Ich wünsch euch noch einen angenehmen Abend. Und du, Mia, sei vorsichtig. Überanstreng dich nicht. Falls was ist, ruft an. Wir sehen uns.«

»Ach, was soll sein?« Mia umarmte sie.

Rachel gab ihr einen Kuss auf die Wange. »Ich hab ein Auge auf sie, Kind. Viel Erfolg.«

Connlan trat einen Schritt vor. »Ich begleite dich.«

»Das ist nicht nötig, Mac.«

»Mag sein. Ich möchte es aber.«

»Na gut«, stimmte sie zu. Sie versuchte erst gar nicht es ihm auszureden, denn sie wusste, sie würde keinen Erfolg haben.

Davon abgesehen gefiel ihr der Gedanke, eine Weile mit Connlan allein zu sein.

Schweigend liefen sie nebeneinander her. Immer wieder streiften Connlans Finger, ob mit Absicht oder nicht, die ihren und jagten eine Horde Ameisen durch ihren Körper. Sein Duft umwehte sie und weckte ein alles verzehrendes Verlangen, das sich mit jeder einzelnen Berührung steigerte, bis ihre Nerven vor Anspannung vibrierten. Ihr Herz schlug einen Takt schneller und sie war froh, dass Connlan es nicht hören konnte.

Viel zu schnell kam ihr Haus in Sicht. Diesmal begleitete er sie den Gartenweg entlang bis zu Eingangstür, vor der sie stehen blieben. Sollte sie ihn noch auf eine Tasse Kaffee einladen? Ja … nein? Ach, Shit, das war vielleicht zu offensichtlich.

Denk nach, Jo.

Doch ihr wollte partout nichts Originelles einfallen, um ihn zum Bleiben zu überreden. Sie drehte sich zu ihm um, murmelte schlicht »Danke« und hob die Augen.

»Keine Ursache.«

Der hypnotische Klang seiner Stimme nahm an Intensität zu und seine Iris glühte. Das leuchtende Blau hielt ihren Blick gefangen, lockte sie hinab in unbestimmte Tiefen, schlug wie eine Woge über ihr zusammen und ließ sie ertrinken. Unsichtbare Fäden legten sich um sie, zogen sie Stück für Stück näher, bis sie nur noch wenige Millimeter von Connlan trennten. Er roch nach Holz und Tabak, unterlegt mit einem leichten Hauch Minze. Ihr schwindelte und sie konnte nicht einen klaren Gedanken fassen. Sie öffnete den Mund, um etwas zu sagen, doch sie brachte keinen Ton hervor. Ihre Lippen fühlten sich trocken an und schnell leckte sie mit der Zunge darüber, um sie anzufeuchten. Connlan verstand ihre Geste wohl als Einladung, denn er senkte den Kopf und strich sanft, fast zögerlich mit den Lippen über die ihren. Sie fühlten sich warm und fest an und in ihrem Magen erwachte ein aufgeregter Bienenschwarm. Mit einem Seufzen schlang sie die Arme um seinen Nacken.

Sofort verlor der Kuss die Sanftheit. Seine Zunge schob sich zwischen ihre Lippen und forderte Einlass, den sie nur zu bereitwillig gewährte. Er schmeckte nach Minzschokolade, herb und gleichzeitig süß. Sie wollte mehr von dem Geschmack kosten, wollte darin schwelgen.

Dieser Kuss gehörte verboten, nein, besser, er sollte nie enden.

Connlans Hände legten sich auf ihren Po und pressten sie dichter an seinen Körper. So dicht, dass sie die eindeutige Wirkung spürte, die der Kuss bei ihm auslöste. Sie schmiegte sich fester an ihn, rieb sich provozierend gegen die Schwellung in seiner Jeans. Connlan stöhnte in ihren Mund, seine Hand schob sich unter ihre Jacke und versengte die Stelle, wo er ihre Haut berührte. Jowna wollte mehr.

Sie ging einen Schritt rückwärts, zog ihn mit sich, überquerte die Türschwelle. Unvermittelt löste Connlan sich aus der Umarmung. Blieb an der unsichtbaren Grenze zwischen drinnen und draußen stehen. Ein Frösteln überlief sie, so abrupt seiner heißen Umarmung beraubt.

»Jo, ich …«, setzte er mit rauer Stimme an.

»Scht.« Jowna streckte die Hand nach ihm aus. »Komm.«

Als hätte Connlan nur auf die Einladung gewartet, trat er vor und riss sie ungestüm in die Arme. Sein Mund verschloss den ihren. Aufreizend knabberte er mit den Zähnen an ihrer Unterlippe, jagte einen Schauer nach dem anderen über ihren Körper. Sie fuhr mit der Zungenspitze am Rand seines Mundes entlang, forderte seine Zunge zu einem wilden Tanz auf. Er schmeckte himmlisch. Sie war regelrecht trunken und wollte mehr, konnte nicht genug bekommen.

»Was machst du mit mir?« Seine Stimme klang rau und sexy, seine Lippen schwebten dicht über ihren, berührten sie und doch wieder nicht.

»Gefällt es dir?«

»Oh, ja«, flüsterte er, bevor er ihren Mund erneut eroberte.

Connlan schob sie weiter in den Flur hinein. Wie aus weiter Ferne hörte sie die Haustür ins Schloss fallen. Ungeduldig zerrte sie am Reißverschluss seiner Jacke.

Plötzlich stieß sie mit dem Rücken gegen eine Tür. Jowna löste sich aus dem Kuss und blickte auf. Das war ihre Zimmertür. Wie um alles in der Welt waren sie die Treppe hinaufgekommen? Währenddessen knabberte Connlan zärtlich an ihrem Ohrläppchen, fuhr mit der Zungenspitze am Rand der Ohrmuschel entlang und sandte Hitzeschauer durch ihre Adern. Ihre Atmung beschleunigte sich und sie vergaß, woran sie eben gedacht hatte. Alles, was zählte, war, ihn endlich aus dieser Jacke zu bekommen, denn sie wollte ihn spüren, wollte seine nackte Haut an ihrer fühlen.

Mit einer ungeduldigen Bewegung streifte Connlan ihr den Pullover über den Kopf. Dann wanderte er mit den Lippen ihren Hals entlang und zog auf dem Weg nach unten eine feurige Spur, bis der Stoff ihres BHs seinen Vormarsch stoppte. Kurzerhand zeichnete seine Zungenspitze den oberen Rand des BHs nach. Sie stöhnte. Hart drängten ihre Brustwarzen gegen den Spitzenstoff, rieben dagegen. Connlan zupfte mit den Zähnen an ihnen und schickte lustvolle Schauer durch ihren Körper. Hitze konzentrierte sich in ihrem Schoß. Aufreizend rieb sie ihre Hüfte gegen ihn. Connlan sog scharf die Luft ein.

Ihre Finger wühlten sich in sein Haar und seidig glitten die Strähnen zwischen ihnen hindurch. Langsam wanderte sie mit den Händen von seinem Nacken seitwärts über die

Schultern. Ihre Fingerspitzen strichen zart über die harte Wölbung an den Oberarmen, fühlten das Muskelspiel unter der Haut, dann folgte sie dem Ansatz seiner Brustmuskulatur bis zur Mitte. Mit dem Mund liebkoste sie seine Brustwarzen, reizte sie, bis sie sich hart aufrichteten. Er schmeckte leicht salzig und seine Haut fühlte sich glatt und warm an. Der Duft, den er verströmte, vernebelte ihr die Sinne. Langsam glitten ihre Finger abwärts, umkreisten seinen Bauchnabel. Ihre Lippen folgten der Spur, was ihm ein Stöhnen entlockte. Davon ermutigt tastete Jowna nach dem Hosenbund seiner Jeans und öffnete die Knöpfe.

Ohne Vorwarnung hob Connlan sie hoch und trug sie zum Bett. Als sie die Matratze berührte, war sowohl sie wie auch Connlan nackt. Wie hatte er das so schnell geschafft? Seine Finger strichen ihre Beine hinauf, glitten zwischen ihre Schenkel. Ein Ziehen ging durch ihren Unterleib, konzentrierte sich tief in ihrem Schoß und vertrieb die Frage. Zielstrebig fand er ihren empfindlichsten Punkt, streichelte ihn und entfachte ein Lauffeuer, das sich rasend schnell ausbreitete.

»Oh Gott, Mac. Ja. Hör nicht auf.«

Ihr Kopf war wie leergefegt. Sie wollte nur mehr von dem süßen Gefühl, das seine Finger in ihr auslösten. Auffordernd bog sie sich ihm entgegen. Er tat ihr den Gefallen und glitt mit einem Finger in sie, nur um im nächsten Moment wieder hinauszugleiten. Sie stieß einen protestierenden Laut aus.

»Möchtest du mehr?«, flüsterte er ihr ins Ohr. Sein warmer Atem strich über sie hinweg und bescherte ihr ein Prickeln.

Und ob sie mehr wollte, viel mehr. Sie nickte, unfähig einen Ton hervorzubringen. Er schenkte ihr ein verheißungsvolles Lächeln, dann ließ er aufreizend langsam zwei Finger in sie gleiten. »Mac, bitte«, flehte sie keuchend.

Ihre Nägel krallten sich in das Fleisch seines Unterarms, stießen ihn weiter hinein, während sie sich ihm entgegenbog. Es war nicht genug. Sie wollte mehr. Brauchte mehr. Viel mehr. Sie wollte ihn tief in sich spüren. Er sollte sie endlich ganz ausfüllen.

Connlan, dem es scheinbar nicht anders ging, rollte sich auf sie. Doch er drang nicht vollständig in sie und so kam sie ihm entgegen. Augenblicklich zog er sich zurück.

Sie wimmerte. Sofort versenkte er sich wieder in ihr, diesmal ein Stückchen tiefer. Unbändiges Verlangen durchströmte sie. »Bitte«, flehte sie kehlig.

Dieses eine Wort zerstörte endlich seine Selbstbeherrschung. Ungestüm stieß er zu, füllte sie mit einem Mal komplett aus.

Die Welt um sie herum hörte auf zu existieren, es gab nur noch ihn. Seine Haut glänzte schweißnass und der Duft von Moschus vermischte sich mit dem Geruch nach Ambra und Minze und betörte sie. Er begann sich schneller in ihr zu bewegen, doch nicht schnell genug. Ihre Nägel gruben sich in seine Pobacken, trieben ihn zu einem forscheren Tempo. »Ja. Oh, Mac. Ja.«

Ihre heiser hervorgestoßenen Worte spornten ihn an. Ihre Muskeln schlossen sich um sein hartes Glied, zogen sich immer enger zusammen. Ihr Keuchen vereinte sich mit seinem Stöhnen zu einer lustvollen Melodie.

Lange hielt sie diese süße Qual nicht mehr aus. Immer schneller und fester stieß Connlan in sie, verwandelte ihren Körper zu glühender Lava, welche sich in ihrem Schoß konzentrierte, bis sie in eine gewaltige Eruption gipfelte.

»Tha gaol agam ort, Jo«, flüsterte Connlan rau in ihr Ohr, bevor er sich versteifte und einen erlösenden Laut ausstieß.

*

Connlan erwachte. Irgendwo im Haus schlug eine Standuhr sieben. Jowna lag dicht an ihn geschmiegt, einen Arm um ihn geschlungen. Sie hatte ihn ganz schön gefordert. Noch dreimal hatten sie miteinander geschlafen. Dabei waren die folgenden zweimal genauso leidenschaftlich und wild wie das erste Mal gewesen. Nur beim letzten Mal hatte er sich viel Zeit genommen und Jowna zärtlich geliebt, ihren Körper erforscht. Er strich mit den Fingerspitzen über ihre Wange, schob eine Haarsträhne zurück. Jowna schlug die Augen auf. Ein Lächeln erhellte ihr Gesicht. »Du bist also doch kein Traum gewesen«, flüsterte sie.

»Nein, bin ich nicht.« Er gab ihr einen Kuss auf die Nasenspitze. Jowna hob den Kopf ein wenig und spitzte einladend die Lippen. Nur zu gern folgte er der Aufforderung. Wie eine Feuersbrunst walzte Hitze, ausgehend von ihren Lippen, durch seinen Körper und innerhalb weniger Sekunden brannte er lichterloh. Sein Glied regte sich und verlangte nach mehr. Er schien, was Jowna betraf, einfach unersättlich zu sein. Sie spürte wohl seine wachsende Erregung, denn sie drängte sich noch dichter an ihn.

Doch er löste sich behutsam aus dem Kuss. »Ich sollte jetzt besser gehen.«

Jowna blinzelte ungläubig. »Wieso?«

»Ich nehme mal an, das Haus erwacht in Kürze zum Leben und ich würde es vorziehen, deinem Vater das erste Mal zu begegnen, wenn ich durch die Haustür komme und nicht aus dem Schlafzimmer seiner Tochter.«

Jowna kicherte. »Also in dem Fall ist es natürlich besser, wenn du jetzt gehst. Paps frühstückt nämlich jeden Morgen um acht.«

Er schwang sich aus dem Bett, sammelte seine Kleidungsstücke zusammen und schlüpfte hinein. Jowna folgte jeder seiner Bewegungen. Um das zu wissen, brauchte er nicht mal hinzuschauen, denn er konnte es fühlen. Als er angezogen war, trat er zu ihr ans Bett. Dabei fiel sein Blick zufällig auf das Nachttischschränkchen. Etwas in seinem Magen verknotete sich. An einer goldenen Kette hing ein Amulett, das aus einem Pentagramm, eingearbeitet in einen keltischen Knoten, bestand. In dessen Mitte war ein Eldarit eingelassen und an den fünf Spitzen jeweils ein spanischer Olivin, ein Dendrit Achat, ein Turmalin Polychrom, ein Vulkan Jaspis und ein Prehnit. »Woher hast du das?«

Jowna folgte seinem ausgestreckten Zeigefinger. »Oh, das ist ein altes Familienerbstück. Angeblich soll es irgendein reicher Lover einer meiner Vorfahrinnen als Beweis seiner Gunst geschenkt haben.«

Lover? Gunstbeweis? Die Überlieferung hatte den Sinn des Amulettes völlig verändert. Er hatte es sicherlich nicht als Liebesbeweis anfertigen lassen, sondern als Ausdruck seiner ewigen Dankbarkeit. Jetzt ergaben seine Träume einen Sinn. Das Amulett hatte ihn gerufen, um ihn an seinen Schwur zu erinnern.

»Ist alles in Ordnung mit dir? Mac?«

Er löste den Blick von dem Amulett und schaute in Jownas besorgtes Gesicht. »Natürlich. Es ist eine wunderschöne Arbeit.«

»Ja, erstklassige Schmiedekunst. Äußerst filigran gearbeitet. Mein Vater schenkte sie mir zu Weihnachten. Ich hatte bis dahin keine Ahnung, dass wir so alten Familienschmuck besitzen. Du kannst es dir ruhig genauer anschauen, wenn du möchtest.«

»Ein andermal. Ich muss jetzt wirklich gehen.« Er beugte sich zu ihr hinunter und gab ihr einen flüchtigen Kuss auf die Stirn. In Jownas Augen blitzte Enttäuschung auf, sicherlich hatte sie einen richtigen Abschiedskuss erwartet, doch sie fing sich schnell wieder und lächelte ihn an.

»Sehen wir uns später?«

»Sicher. Wir könnten heute Abend ins Kino gehen. Wenn du möchtest. Ich ruf dich nachher an.«

Jowna nickte.

Er verließ das Zimmer und zog die Tür hinter sich ins Schloss. Zwei Sekunden später stand er draußen in der Kälte.

Er hatte endlich Brendas Nachkommen gefunden und das nach so langer Zeit.

Ob Jowna ebenfalls Hexenkräfte besaß? Was nicht zwangsläufig der Fall sein musste. Wenn Angus die Gene nicht weitergegeben hatte, waren die Kräfte mit ihm gestorben.

Angus. Bei ihm hatte er auf ganzer Linie versagt, genau wie bei Brenda.

Keinen von beiden konnte er beschützen. Zwei Jahre hatte er bei ihnen gelebt. Zwei Jahre, in denen er durch Brendas Hilfe lernte, sich mit dem, was er war, zu arrangieren. Einen Monat vor ihrem Tod ließ er das Amulett anfertigen und schenkte es ihr. Auf seinen Wunsch hin verband sie es durch einen Blutzauber mit ihm und seinem Schwur, sie und sämtliche Nachkommen von ihr zu beschützen.

Er lachte hart auf. Welche Ironie. Keine vier Wochen später hatte er den Schwur gebrochen. Brenda starb auf dem Scheiterhaufen und Angus war an Sklavenhändler verkauft worden, weil er sich geweigert hatte, sich Marguerite anzuschließen.

Der Vampirin, die ihn zufällig erschaffen hatte.

*

Jowna ließ sich in die Kissen zurückfallen. Was für eine Nacht. Sie hatte nicht genug bekommen. Nur ungern hatte sie Connlan gehen lassen. Über seinen etwas altertümlichen Wunsch musste sie lächeln, akzeptierte ihn aber. Es passte zu ihm. Wirkte er doch wie aus einem vergangenen Jahrhundert. Obwohl sie es nicht erklären konnte. Connlan war weder altmodisch gekleidet noch redete er antiquiert.

Gott sei Dank, war sie heute Nacht von ihrem Albtraum verschont geblieben. Apropos Albtraum. Da sie nun schon einmal wach war, konnte sie auch das Ritual durchführen. Doch zuvor wollte sie duschen und anschließend frühstücken.

Eine Stunde später zeichnete Jowna mit Kreide ein Pentagramm auf das Laminat ihres Zimmerbodens. Anschließend stellte sie die Kerzen auf die fünf Zacken. Zusammen mit dem Amethyst-Elestial setzte sie sich im Schneidersitz ins Zentrum des Hexensterns. Der Reihe nach zündete sie nun die Dochte an und murmelte die rituellen Worte, dann blickte sie auf die Oberfläche des Kristalls. Schon bald fand sie eine Stelle, an der sie in die darunterliegende Schicht vordringen konnte. Immer schneller stieß sie durch die einzelnen Ebenen, tauchte hinab in die Tiefe des Edelsteins, bis sie schließlich wieder im Nebel stand. Doch diesmal spürte sie weder Kälte noch Feuchtigkeit. Und noch etwas war anders. Sie konnte die Person sehen, in deren Körper sie geschlüpft war, denn jetzt stand sie außerhalb und nahm die Position eines unbeteiligten Beobachters ein.

Die Frau lief den bereits bekannten Weg entlang und warf immer wieder einen Blick über die Schulter. Dann kamen sie an die Stelle, wo der Schatten auftauchte und Schritte den Rückzug verhinderten. Panisch schaute sich die Frau um, entdeckte das Gestrüpp und flüchtete dahinter. Keine Minute zu spät. Schon prallten der Schatten, ein sturzbetrunkener Mann, wie sie bereits aus dem Traum wusste, und die bis dahin körperlosen Schritte aufeinander. Es handelte sich um eine Frau. Sie wirkte harmlos, doch ihre äußere Erscheinung täuschte. Sie war eindeutig ein Vampir, denn für einen Menschen lief sie viel zu schnell. Auf ihrer linken Schulter klaffte eine unschöne Wunde, aus der noch immer Blut floss. Der Mann entschuldigte sich lallend. Die Stimme kam Jowna vertraut vor. Sie kannte sie, hatte sie schon gehört, doch es gelang ihr nicht, sie zuzuordnen. Hilflos musste sie mit ansehen, wie der Mann in eine tödliche Umklammerung gezogen wurde. Seine Versuche, sich zu befreien, scheiterten. Nur Minuten später erschlaffte er. Er hatte den Kampf verloren.

Achtlos ließ die Vampirin ihn fallen und rannte davon. Einem inneren Drang folgend trat Jowna näher. Bis sie schließlich sein Gesicht erkennen konnte. Ein Gesicht, dessen Einzelheiten ihr nur allzu vertraut waren. Dessen blutverschmierte Lippen sie noch vor ein paar Stunden in Ekstase versetzt hatten.

Um sie herum drehte sich alles und ihr wurde schlecht. Abrupt befand sie sich wieder in ihrem Zimmer. Ihr Herz raste und sie holte keuchend Luft. Nein! Unmöglich. Das konnte nicht sein. Sie erkannte einen Vampir, wenn er vor ihr stand. Sie jagte diese Kreaturen und tötete sie, aber schlief nicht mit ihnen. Doch genau das hatte sie getan. Sie war mit einem Vampir ins Bett gegangen. Zu allem Überfluss hatte sie ihn auch noch in ihr Haus eingeladen. Jetzt war hinter diesen Wänden niemand mehr sicher. War ein Vampir einmal eingeladen, konnte er kommen und gehen, wie es ihm beliebte. Wie zum Teufel war das passiert? Warum ließ ihr sonst so untrüglicher Instinkt sie im Stich? Ihre Augen brannten und ihre Kehle schnürte sich zu.

Wie war es Connlan gelungen, sich an ihrem Warnsystem vorbeizuschmuggeln? Es lahmzulegen?

Nein, ganz lahmgelegt hatte er es nicht. Sie hatte nur nicht darauf gehört, da es nicht wie üblich in seiner Nähe laut schrillte.

Sie fuhr in die Höhe und stürmte zur Tür hinaus. Im Vorbeilaufen riss sie die Jacke von der Garderobe und streifte sie über, während sie bereits das Gartentor passierte.

In Rekordzeit erreichte sie das Haus, in dem Connlan und Dennis wohnten. Sie drückte den Klingelknopf und gleichzeitig hämmerte sie mit der Faust gegen die Tür.

Sekunden später wurde sie aufgerissen und Connlan stand darin.

Als er sie erblickte, trat ein verdutzter Ausdruck in sein Gesicht. »Jo …«

Mit beiden Händen versetzte sie ihm einen Stoß gegen die Brust. Er taumelte rückwärts.

Sie folgte ihm. »Du mieser Dreckskerl! Hat es Spaß gemacht, mich an der Nase herumzuführen?«

Connlan blinzelte sie an. Er wirkte verwirrt. Wieder verpasste sie ihm einen Schlag gegen die Brust. Doch dieses Mal erzielte er keine Wirkung. Connlan stand unverrückbar wie ein Fels.

»Ich verstehe nicht. Was …«

»Oh, du verstehst nicht. Dann werde ich dir mal auf die Sprünge helfen. Ist es aufregend, mit deinen Opfern Katz und Maus zu spielen? Gibt es dir einen besonderen Kick oder törnt es dich einfach nur an, vorher mit ihnen zu schlafen? Ist ihr Entsetzen danach größer? Gibt es dem Blut eine besondere Note?«

»Wovon zum Teufel sprichst du?«

»Tu nicht so unschuldig.«

Connlan trat einen Schritt vor und umfasste ihre Oberarme. »Jowna, ich habe ehrlich keine Ahnung, was du meinst. Welche Opfer?«

Sie riss sich los. »Die Frauen, die du aussaugst.«

»Was?«

»Du hast mich schon verstanden. Ich weiß, was du bist.«

In Connlans Gesicht trat Entsetzen. »Jo, bitte. Ich …«

»Raffiniert, das muss ich dir lassen. Sich bei einem Bullen einzunisten. Weiß Dennis über dich Bescheid? Oder deckt er womöglich deine Verbrechen?«

Mit einer fahrigen Geste strich er sich über die Stirn. »Glaubst du ernsthaft, Dennis würde mich am Leben lassen, wenn ich tötete?«

Connlan leugnete es nicht. Suchte nicht einmal nach einer Ausrede.

Sie schluckte. Wurde ihr doch klar, dass bis eben ein winziges Hoffnungsfünkchen in ihr geschlummert hatte, sich eventuell zu irren. »Woher soll ich das wissen? Ich kenne Dennis nicht lange genug, um das zu beurteilen.«

»Aber du besitzt Menschenkenntnis.«

»Oh ja, natürlich. Weil die bei dir auch so hervorragend funktioniert hat. Was hattest du vor? Mich noch ein paar Mal flach legen, bevor du mich bis auf den letzten Tropfen aussaugst?«

In Connlans Augen trat ein gefährliches Funkeln. Er war wütend, das war unübersehbar.

»Hör auf! Ich hatte nie vor, dir irgendetwas anzutun.«

»Oh, wie nobel. Muss ich mich deshalb geehrt fühlen? Ich gebe dir einen guten Rat. Verschwinde von hier. Wenn wir uns das nächste Mal begegnen, vernichte ich dich. Und glaub ja nicht, dass ich es nicht könnte. Denn genau das tue ich, Monster wie dich jagen und zur Strecke bringen.«

Sie drehte auf dem Absatz um und verließ eilig das Haus. Sie musste raus. Die Wände waren immer näher gerückt und drohten, sie zu zerquetschen. Sie wusste, es war ein Fehler, Connlan am Leben zu lassen, doch sie brachte es nicht über sich, ihn zu vernichten.

*

Wie erstarrt stand Connlan da und blickte Jowna hinterher. In seinem Kopf herrschte Leere und in seinen Eingeweiden wühlte eine Eisfaust. Er konnte es nicht fassen. Noch vor ein paar Stunden hatte er Jowna in den Armen gehalten, sie geküsst, sie geliebt.

Und jetzt? Jetzt wollte sie ihn töten. Was war passiert? Er verstand es nicht. Kälte spülte über ihn hinweg und breitete sich in seinem Inneren aus.

»Warum zum Kuckuck steht die Haustür offen? Wir heizen doch nicht für die Katz.« Dennis trat in den Flur und schloss die Tür hinter sich. »Alles in Ordnung, Mac? Du siehst aus, als hättest du einen Geist gesehen.«

»Jo.« Mehr brachte er nicht heraus.

Dennis' Gesicht verlor sämtliche Farbe. »Ist ihr etwas passiert? Der Vampir hat sie doch nicht …«

Connlan schüttelte den Kopf. »Sie ist eine Jägerin.«

»Was?«

»Eine Jägerin. Und sie will mich töten, sollte ich ihr noch einmal über den Weg laufen.«

»Verdammt, Mac! Du hast ihr doch nicht etwa gesagt, dass du ein Vampir bist?«

»Nein.«

»Woher zur Hölle weiß Jo es dann?«

Connlan zuckte mit den Schultern. Die Antwort interessierte ihn selbst brennend.

»In Ordnung. Du verlässt auf der Stelle die Stadt. Ich fahre zum Revier zurück und beantrage meine sofortige Versetzung.«

»Das geht nicht.«

Dennis ließ die Hand, die bereits auf der Türklinke lag, sinken. »Warum nicht? Kreizsacklzement noch mal!«

»Weil ich geschworen habe, sie zu beschützen.«

Dennis fuhr sich mit der Hand durchs Haar. »Ach komm schon. Das darf doch nicht wahr sein. Glaubst du nicht, dass der Schwur hinfällig ist, nachdem sie dir gedroht hat?«

»Nein.«

Dennis warf die Hände in die Luft. »Du bist einfach unglaublich. Weißt du das, Mac? Du und deine Prinzipien. Du schuldest ihr nichts. Hörst du? Rein gar nichts.«

»Das ist wahr. Doch ich habe den Schwur nicht Jo gegeben, sondern Brenda. Und ihr schulde ich mein Leben.«

»Oh Mann, dann ist Jo Brendas …«

»… Nachfahrin, ja.«

»Das ändert natürlich alles.«

In der Tat. Das Schmerzhafteste an der Sache war die Erkenntnis, Jowna nie wieder berühren zu können. In Zukunft durfte er sie nur aus der Ferne beobachten, wobei er darauf achten musste, seine Anwesenheit vor ihr geheim zu halten. Schon jetzt spürte er die Leere und die Sehnsucht in seinem Innern. Sein Körper brannte vor Verlangen, Jowna in den Armen zu halten. Ihre verheißungsvollen Lippen zu küssen, ihre zarte Haut an seiner zu spüren, ihren verführerischen Duft einzuatmen.

All das war ihm für immer versagt. Er ballte die Hand. *Willkommen in deiner ganz persönlichen Hölle, Connlan Mac-*

Leod. Die Frau, die er liebte, so nah zu wissen und dennoch unerreichbar für ihn.

Oh ja, er liebte Jowna, das wurde ihm in diesem Augenblick bewusst. Sie hatte sich unauffällig in sein Herz geschlichen und es restlos erobert. Sie besaß die Macht, ihn zu vernichten. Und damit meinte er keinen Pflock, den sie ihm ins Herz stoßen, oder eine Klinge, mit der sie ihm den Kopf abschlagen konnte. Dies würde wenigstens schnell und endgültig sein. Nein, er meinte Seelenqualen, die ewig andauerten und einem zum Wrack werden ließen, bis man nur noch ein Schatten seiner selbst war.

Er hob die Augen und begegnete Dennis' besorgtem Blick. Schnell rang er sich ein Lächeln ab, das ihm aber kläglich misslang und Dennis alles andere als zu beruhigen schien. Doch er sagte nichts und dafür war er seinem Freund dankbar.

*

Das Schrillen des Telefons riss Jowna aus den Gedanken. Es war bestimmt wieder Dennis. Seit gestern rief er andauernd an. Er war gegen Abend sogar persönlich vorbeigekommen, doch sie hatte sich durch Thomas verleugnen lassen. Sie war nicht bereit, mit ihm über Connlan zu sprechen. Was zweifelsohne sein Anliegen war. Selbst bei Onkel Li im Dojo hatte er vorbeigeschaut. Eins musste sie ihm lassen: Er war hartnäckig und würde höchstwahrscheinlich nicht so schnell aufgeben. Sie seufzte. Vielleicht sollte sie es einfach hinter sich bringen und ihm unmissverständlich sagen, dass sie keinen Kontakt mehr wünschte. Kurz entschlossen stand sie auf und ging zum Telefon. Mit einer Handbewegung signalisierte sie Thomas, der soeben im Türrahmen erschien, dass sie das Gespräch entgegennahm. Thomas deutete eine Verbeugung an und verschwand.

Jowna atmete tief durch, dann hob sie ab. »Fitzpatrick.«

»Jowna, hier ist Rachel.«

Rachels Stimme klang verheult.

Eisfinger griffen nach Jownas Herz und drückten zu. »Ist etwas mit Mia?«

»Nein, nein. Mia geht es gut.«

Gott sei Dank! Jowna legte eine Hand aufs Herz.

»Sophia.« Kam es erstickt durch den Hörer.

Der Boden schwankte und Jowna umklammerte die Kante des Beistelltischchens. »Was ist passiert?«

»Sie ist tot.«

Die Beine versagten ihr den Dienst und Jowna setzte sich auf den Boden. Nein, nicht Sophia. Die gutherzige, sanfte Sophia, die keiner Fliege etwas zuleide tun konnte. Tränen schossen ihr in die Augen und ihre Kehle schnürte sich zu, das Atmen fiel ihr schwer. Es dauerte einen Augenblick, bis sie ihre Stimme wiederfand. »Oh mein Gott! Wann? Wie?«

»Ein Vampir hat sie heute Morgen auf dem Weg zur Arbeit getötet.«

Sie schloss die Augen und ballte langsam die Hand. Dann brach es aus ihr heraus. »Jetzt reicht es. Diese gottverdammten Leichenproduzierer. Ich werde jeden einzelnen Stein nach ihnen umdrehen. Ich werde diese dreckigen Blutsauger finden und dann Gnade ihnen Gott. Sie werden es bereuen eine von uns umgebracht und eine andere angegriffen zu haben!«

»Langsam, Kind. Handel jetzt bloß nicht unbesonnen. Wut ist ein schlechter Ratgeber. Die Vampire führen irgendetwas im Schilde. Wir müssen herausfinden, was das ist.«

Mit dem Handrücken wischte sie sich die Tränen von der Wange. »Wie kommst du darauf, sie würden irgendeinen Plan verfolgen?«

»Denk doch mal nach, Jo. Alle bisherigen Opfer waren Hexen. Und nicht irgendwelche. Ausnahmslos gehörten sie alle zu den beiden mächtigsten Zirkeln des europäischen Kontinents. Das kann kein Zufall sein.«

Jowna rieb sich den Nacken. »Du hast recht. Scheinbar haben die Vampire zur Hexenjagd aufgerufen. Doch warum? Was steckt dahinter?«

»Ich weiß es nicht, Kind, ich weiß es nicht.« Rachels Schniefen klang überlaut in der entstandenen Stille.

»Ich find's heraus. Das verspreche ich dir. Sobald ich etwas weiß, melde ich mich.«

»Tu das. Und Jo …«

»Ja?«

»Sei vorsichtig.«

»Natürlich. Ihr auch. Grüß Mia von mir.«

»Mach ich. Bis dann.«

»Tschüss.« Jowna erhob sich und stellte das Telefon zurück in die Ladestation.

Das ergab ein völlig neues Bild. Jetzt fehlte nur noch das Motiv. Und das musste sie schnell herausfinden. Bettys Zirkel war bereits ausgelöscht und selbst Betty wäre tot, hätte sie es nicht verhindert. Betty. Ein ungutes Gefühl breitete sich in ihrem Magen aus. Vielleicht sollte sie besser mal nach ihr sehen.

*

Jowna trat hart auf die Bremse. Nein, bitte nicht, sie war zu spät. Schlingernd kam der Wagen zum Stehen. Sie riss die Fahrertür auf und hastete hinaus. Dieses miese Dreckschwein. Sie griff mental nach dem Vampir, schleuderte ihn von Betty fort. Er prallte gegen die unsichtbare Barriere an der Türschwelle und stürzte die Stufen zur Wohnungstür hinab. Betty ging zu Boden, kullerte die Treppe abwärts, als wolle sie ihrem Angreifer folgen. Jowna achtete nicht auf den Untergrund, sondern rannte blindlings den Gartenweg entlang. Der Vampir war schon wieder auf den Füßen und raste ihr entgegen. In dem Moment, als sie aufeinandertrafen, trat sie auf ein vereistes Stück und verlor das Gleichgewicht. Ein Schlag gegen den Oberkörper gab ihr den Rest. Sie fiel und knallte mit dem Hinterkopf auf das Pflaster. Schwarze Punkte tanzten vor ihren Augen und sie fühlte sich benommen, dann kam der Schmerz. Rachel hatte recht. Wut war ein schlechter Ratgeber. Er machte unvorsichtig. Über ihr tauchte die verschwommene Fratze des Gegners auf. Sie blinzelte und der Blutsauger verschwand. Wo war er hin? Sie hob den Kopf und sah gerade noch, wie der Vampir zu Asche zerfiel.

»Alles in Ordnung?«

Connlans besorgtes Gesicht erschien in ihrem Blickfeld.

»Ja … nein.«

In ihrem Schädel wütete ein wild gewordener Hornissenschwarm. Connlan streckte ihr eine Hand hin. Sie zögerte kurz, dann ergriff sie sie und ließ sich auf die Beine helfen. Sofort tanzten Funken zwischen ihnen und sie zog hastig die Hand zurück. Täuschte sie sich oder blitzte da Schmerz in Connlans Augen auf? Doch mit Bestimmtheit konnte sie es nicht sagen, da er sich wegdrehte und zu Betty trat. Er ging in die Hocke und tastete mit Zeige- und Mittelfinger nach ihrem Puls.

»Ist sie tot?«

Natürlich war Betty das, welch dumme Frage, doch irrationalerweise hoffte sie auf das Gegenteil.

»Ja.«

Connlan kam hoch und zog sein Mobiltelefon aus der Tasche. Während er wählte und anschließend mit Dennis telefonierte, beugte sie sich über die alte Frau. »Warum bist du nicht im Haus geblieben? Dort hätte er dir nichts antun können«, flüsterte sie.

»Es tut mir leid, Jo.« Connlan trat neben sie.

Sie blickte auf. »Es ist doch nicht deine Schuld, oder?«

»Nein.« Seine Augen glühten, als wolle er sichergehen, dass sie ihm Glauben schenkte.

Jowna nickte. »Warum bist du hier, Mac?«

Betreten blickte er zu Boden, schien aber nicht gewillt, auf ihre Frage zu antworten.

»Mac«, sagte sie eindringlicher, »antworte mir.«

»Ich bin dir gefolgt«, nuschelte er so leise, dass sie ihn kaum verstand.

»Du bist was? Wieso, in Gottes Namen? Hast du meine Warnung nicht kapiert oder glaubst du, ich könnte es nicht?«

Seine Brust hob sich deutlich unter dem Atemzug, den er tat. Abrupt ruckte sein Kopf nach oben und er sah ihr direkt in die Augen. »Doch, ich habe sie sehr gut verstanden und ich glaube dir auch, dass du mich töten kannst. Aber das spielt keine Rolle. Ich habe einen Schwur geleistet und ich werde ihn halten.«

»Was für ein Schwur?«

»Dich zu beschützen.«

»Diesen Schwur hast du mir gegenüber nie ausgesprochen.«

»Nein. Aber das ist nicht von Bedeutung.«

Nicht von Bedeutung? Natürlich war es das. Wem gegenüber würde er einen solch idiotischen Eid leisten? Dennis? Doch wieso sollte Dennis von Connlan so etwas verlangen? »Dann entbinde ich dich eben davon.«

»Das kannst du nicht. Nur Brenda könnte es.«

Wer zur Hölle war Brenda? Bevor sie das fragen konnte, hielt ein Auto am Straßenrand und Dennis stieg aus. Besorgt schaute er von ihr zu Connlan und wieder zurück. Dann fiel sein Blick auf Betty. »Sakrament! Das muss endlich ein Ende nehmen.«

»Da bin ich ganz deiner Meinung«, sagte Connlan. »Wenn ich nur wüsste, wo sie sich verstecken. Hier in der Stadt hab ich alles abgesucht, doch nichts entdeckt. Was ist mit dir, Jo, irgendwelche Hinweise darauf gefunden, wo sie sich aufhalten könnten?«

Jowna schüttelte den Kopf. »Nein.«

»Sie müssen irgendwo außerhalb einen Unterschlupf gefunden haben, wo sie ungestört sind und dennoch nah genug, um ihre Opfer im Auge zu behalten.«

Connlan lag damit möglicherweise gar nicht so falsch. Wären sie hier in der Stadt, hätte sie diese Mistkerle mittlerweile ausfindig gemacht. Sie tippte mit dem Zeigefinger gegen die Unterlippe. Was kam da infrage?

Aber sicher! Warum war ihr das nicht früher eingefallen?

Sie blickte auf. »Das alte Nowek Anwesen. Es ist perfekt. Kaum jemand verirrt sich dorthin.«

»Wie weit liegt es von hier entfernt?«, fragte Connlan.

»Ungefähr eine dreiviertel Stunde mit dem Auto.«

»Keine Entfernung für einen Vampir. Kannst du mir den Weg dorthin beschreiben?«

Sie verschränkte die Arme vor der Brust. »Das könnte dir so passen. Glaubst du, ich lasse dich allein dorthin gehen?«

»Ich bin nicht allein, Dennis begleitet mich.«

»Äh, tut mir leid, Mac, aber ich muss mich erst einmal um die Schweinerei hier kümmern. Und der Papierkram wird einige Zeit in Anspruch nehmen.«

Connlan warf seinem Freund einen giftigen Blick zu. Jowna zog eine Augenbraue in die Höhe. Es war mehr als offensichtlich, dass er Dennis gerne den Hals umgedreht hätte. Höchstwahrscheinlich war es nie seine Absicht gewesen, ihn mitzunehmen. Er sollte ihm lediglich als Alibi ihr gegenüber dienen. Tja, dumm gelaufen. So schnell schüttelte er sie nicht ab. Ob es ihm gefiel oder nicht, sie würde mitgehen. Immerhin oblag es ihr, die Stadt vor Vampiren zu schützen und sie nahm die Aufgabe ernst. »Streng dich nicht an, Mac. Wir wissen beide, ich werde mitkommen. Also lass es uns einfach abkürzen.«

Connlan schloss resigniert die Augen. »Fahren wir«, brummte er wenig begeistert.

»Passt auf euch auf«, rief Dennis hinter ihnen her.

»Keine Sorge.« Jowna drehte sich um, schenkte ihm ein Lächeln, das hoffentlich zuversichtlich wirkte, und stieg ins Auto.

*

Zügig lenkte Jowna den Wagen aus der Stadt. Connlan saß schweigend auf dem Beifahrersitz und schaute gedankenverloren aus dem Seitenfenster. Immer wieder warf sie ihm einen Blick zu, doch er schien es nicht zu bemerken. Er war ihr ein Rätsel. Warum half er bei der Vernichtung von seinesgleichen? Bisher war jeder einzelne Vampir, dem sie begegnet war, bösartig gewesen. Doch Connlan war anders. Aber was machte ihn anders? Nicht einmal ihre Wut auf ihn konnte sie aufrechterhalten, stattdessen spürte sie ein Verlangen, das regelrecht schmerzte. Das Schweigen war erdrückend und sie hielt es nicht länger aus. Sie brauchte Antworten. Und eine brannte ihr ganz besonders auf der Zunge. Schließlich platzte sie damit heraus. »Hast du schon einmal getötet?«

Connlan warf ihr einen schnellen Blick zu. »Ja.«

Sie zuckte bei der Antwort zusammen. Connlan seufzte.

»Jo, ich wurde in den Highlands geboren – im Jahre 1655. Es herrschten raue Zeiten. Es gab wohl kaum einen Mann, der nicht irgendeinen Kampf ausgetragen hat, der tödlich endete. Wir wurden praktisch mit dem Schwert in der Hand geboren.«

»Das meinte ich nicht und das weißt du ganz genau.«

»Nach meiner Verwandlung hatte sich an der Situation nicht viel geändert, also ja, auch da habe ich getötet. Aber das hast du wohl nicht gemeint, richtig?«

»Nein.«

»Dachte ich mir.«

Connlans Blick richtete sich wieder nach draußen und sie war sich sicher, er würde ihr auf die Frage keine zufriedenstellende Antwort geben. Doch sie hatte sich getäuscht, denn plötzlich fing er leise zu sprechen an. »Nein, ich habe nicht einen Menschen getötet, jedenfalls nicht so, wie du es meinst. Bis auf eine einzige Ausnahme habe ich mich nicht einmal von lebenden Menschen ernährt.«

»Aber du hast diesen Menschen nicht umgebracht.«

Connlan lachte hart auf. »Wie man es nimmt.«

Ihre Finger umklammerten das Lenkrad fester. Sie wusste nicht, was sie von seiner Aussage halten sollte.

»Sie hieß Brenda. Brenda Fitzpatrick.«

»Fitzpatrick?«

»Ja. Sie war deine Vorfahrin.«

»Bist du sicher? Es gibt viele Fitzpatricks und nicht alle sind miteinander verwandt.«

Connlan nickte. »Ich bin sicher. Und zwar seit dem Zeitpunkt, als ich das Amulett auf deinem Nachttisch liegen sah.«

»Was hat das Amulett damit … oh Shit. Sag nicht, du bist der reiche Lover, der ihr das Schmuckstück geschenkt hat.«

»Doch. Ich habe es extra für sie anfertigen lassen. Aber ich war nie ihr Liebhaber. Das ist eine falsche Überlieferung. Brenda war eine mächtige Hexe. Sie wurde Zeuge meiner Verwandlung. Doch anstatt mich zu töten, sprach sie einen Zauber, der meine Seele an meinen Körper band. In den folgenden zwei Jahren half sie mir, mich mit meinem neuen Leben zu arrangieren. Ich trank Tierblut, doch es reichte nicht aus, um bei Kräften zu bleiben und das Verlangen zu zügeln. Also schlug Brenda vor, ich solle zusätzlich täglich eine winzige Portion von ihr trinken. Es war nicht ideal, aber es half. Aus Dankbarkeit schenkte ich ihr schließlich das Amulett und schwor, sie und ihren Sohn und sämtliche Nachkommen zu beschützen. Es gelang mir nicht. Brenda starb – und zwar meinetwegen. Ihr Sohn wurde verschleppt. Leider habe ich nie etwas über seinen Verbleib in Erfahrung bringen können.«

Das war es also. Connlan besaß eine Seele und somit noch seine Menschlichkeit.

»Was war mit dem Verlangen? Wie konntest du es nach ihrem Tod in Schach halten?«

»Indem ich jede Leiche, die ich fand, bis auf den letzten Tropfen aussaugte. Ich verachtete mich dafür, doch es war immer noch besser, als Menschen wegen meiner Gier zu töten. Wenn ich einem Bader begegnete, kaufte ich ihm das Blut ab, das er irgendeinem armen Schwein beim Aderlass abzapfte. Und in der heutigen Zeit beziehe ich meine Mahlzeiten von der Blutbank.«

Eine Weile waren nur das Motorengeräusch und die Räder auf dem Asphalt zu hören. Es musste schwer für Connlan sein, gegen seine Natur zu handeln. Sie konnte sich nicht mal ansatzweise vorstellen, wie es sich anfühlte, als Vampir eine Seele zu besitzen. All die Gewissensbisse, die ihn wegen seines Verlangens quälten. Der tägliche Kampf, dieser Gier nicht nachzugeben.

Er war ein Raubtier, das sich selbst einen Maulkorb anlegte.

»Schockiert?«, fragte Connlan in die Stille.

»Nein. Ich bewundere deine Willensstärke.«

»Aber du willst noch immer einen Pflock in mein Herz jagen.«

»Wenn ich das wirklich wollte, wärst du längst ein Häufchen Asche. Wir sind da.« Sie stellte den Motor ab und stieg aus. Dieses Thema wollte sie nicht weiter vertiefen.

Das Nowek Anwesen lag auf einer Lichtung und wirkte verlassen. Der Wald hatte bereits den größten Teil des Grundstückes zurückerobert. Links vom Haupthaus stand eine Scheune, deren Tor aus der Verankerung gebrochen war und auf dem Boden lag. Ein vom Blitz gefällter Baum hatte ein riesiges Loch ins Dach geschlagen und einen Teil der Wand niedergerissen. Auch das Haupthaus machte einen desolaten Eindruck. Die Fensterläden hingen schief in den Angeln und bei zwei der Fenster fehlten sie gänzlich. Im oberen Stockwerk klaffte ein Loch in einer der Scheiben. Efeu kletterte an der verwitterten, ehemals gelben Fassade hinauf und überzog ein Drittel des Hauses. Das Geländer um die Veranda war teilweise in sich zusammengefallen. Überall lagen Blätterhaufen und Schneeverwehungen.

Langsam stiegen sie die wenigen Stufen zur Veranda hinauf. Connlan griff nach dem Türknauf und drehte ihn. Die Haustür schwang knarzend auf. Sofort schlug ihnen ein modriger Geruch entgegen. Jowna rümpfte die Nase. Im Inneren herrschte graues Zwielicht, da durch die verdreckten Fenster nur ungenügend Licht drang. Alles war mit einer dicken Staubschicht überzogen. Spinnweben hingen in den Ecken und von der Decke herab. Connlan deutete auf die Fußspuren, die sich auf dem Boden deutlich abzeichneten. Hier waren erst kürzlich mehrere Personen gewesen. Sie nickte. Mittels Handzeichen gab sie Connlan zu verstehen, dass er weitergehen sollte. Vorsichtig und nach allen Seiten schauend drang er tiefer in das Haus vor. Sie folgte ihm in geringem Abstand. Plötzlich knarrte eine Diele unter ihrer Fußsohle. Sie erstarrte. Überlaut hallte das Geräusch in ihren Ohren. Shit. Jetzt hatte sie ihre Anwesenheit jedem verraten, der sich hier noch aufhalten mochte.

Doch nichts regte sich.

Erleichtert atmete Jowna aus. Vorsichtig setzten sie ihre Suche fort, fanden aber nichts.

»Lass uns oben nachsehen«, flüsterte Connlan ihr zu.

»In Ordnung.«

Als sie den Fuß auf die erste Treppenstufe setzte, hielt Connlan sie an der Schulter fest. »Ich gehe vor.«

Sie trat einen Schritt zur Seite und ließ ihn wortlos vorbei. Es hatte keinen Zweck, sich mit ihm darüber zu streiten, wer voranging, und ihr war es egal. Connlan prüfte jede Stufe auf ihre Tragfähigkeit, bevor er sie erklomm. Sie folgte ihm dicht auf und so erreichten sie das obere Stockwerk.

»Sie waren auf jeden Fall hier«, meinte Connlan, nachdem sie das letzte Zimmer ergebnislos durchsucht hatten.

»Dann lautet die Frage wohl, ob sie wiederkommen.«

»Die Chancen dafür stehen gut. Wir sollten das Auto verstecken, sonst wissen sie sofort, dass wir da sind.«

Sie stimmte Connlan zu und ging zurück zur Treppe. Anscheinend hatte er diesmal nichts dagegen, dass sie vorneweg lief. Sie hatte bereits über die Hälfte der Stufen hinter sich, als ihre Wirbelsäule heftig zu kribbeln anfing.

Soviel zum Überraschungsmoment.

Vor ihr tauchte ein Schatten auf. Im selben Moment legten sich Hände von hinten um ihre Taille, hoben sie hoch und drehten sie um hundertachtzig Grad, sodass sie jetzt wieder nach oben blickend auf den Stufen stand. Hinter ihr prallten zwei Körper aufeinander. Sie fuhr herum. Am Fuße der Treppe kämpfte Connlan mit einem Vampir. Ihre Silhouetten verschwammen, so schnell bewegten sie sich. Ein weiterer Vampir tauchte auf und ging auf Connlan los.

Während Jowna die Stufen hinabschoss, schleuderte sie den zweiten Angreifer mental fort. Er krachte gegen die Wand und heulte vor Schmerz auf. Sie erreichte die letzte Stufe, da tauchten neben ihr zwei weitere Vampire auf. Sie parierte einen Schlag und bekam im selben Moment einen anderen ab. Unter dem nächsten Hieb duckte sie sich weg, dann rammte sie einem Gegner das Knie in den Magen. Er krümmte sich und sofort setzte sie nach und zertrümmerte ihm das Nasenbein. Ein Tritt in den Bauch schleuderte sie zwei Meter nach hinten. Hart schlug sie auf der Treppe auf und Schmerz brandete durch ihren Körper. Sie japste. Kämpfte gegen die Schwärze.

Endlich strömte wieder Luft in ihre Lungen und ihre Sicht klarte auf. Vor ihr erledigte Connlan einen seiner Widersacher mit einem abgesplitterten Geländerstück.

Sie griff nach dem Handlauf und zog sich auf die Füße. Etwas Hartes traf sie.

Ein zweites Mal prallte sie auf die Treppe und wieder rang sie nach Luft.

»Entschuldige«, murmelte Connlan mit schmerzverzerrter Stimme.

Noch bevor sie antworten konnte, wurde Connlan von ihr heruntergezerrt und fortgeschleudert. Der Vampir packte nach ihr. Sie rollte nach rechts weg, kam auf die Füße und sprang seitlich über das Geländer. Direkt hinter ihr landete ihr Angreifer. Sie schwang herum. Doch ihr Schlag prallte kurz vor dem Gesicht des Vampirs gegen eine unsichtbare Barriere. Ein höhnisches Grinsen zeichnete sich auf seiner Visage ab. Verblüfft blickte sie auf ihre Hand. Der nächste Schlag erwischte sie unvorbereitet. Sie sackte auf ein Knie und der Blutsauger setzte mit dem Fuß nach. Doch sie rollte in letzter Sekunde weg und sprang auf. Neben ihr verpufften Connlans Angriffe ebenfalls kurz vor seinen Widersachern im Nichts. Der nächste gegnerische Hieb war ein Volltreffer. Connlan taumelte. Eine hässliche Platzwunde klaffte über seinem linken Auge und Blut rann seitlich an seiner Schläfe hinab. Jowna setzte ihre mentalen Kräfte ein, wollte den Dreckskerl von Connlan fortschleudern, aber nichts geschah. Der Kerl schwankte nicht einmal.

Zur Hölle, was ging hier vor?

Hastig blickte sie sich um. Am Ende des Raumes entdeckte sie in der dunkelsten Ecke zwei Gestalten. Das war unmöglich!

Doch da standen eindeutig Melanie und Michelle und murmelten ohne Unterlass vor sich hin. Das durfte nicht sein! Wieso besaßen sie ihre Hexenkräfte noch? Neben ihr ging Connlan zu Boden.

Na gut, was die konnten, konnte sie schon lange. Sie konzentrierte sich, dann flüsterte sie: »Protegendum.«

Eine Faust sauste auf sie zu und verharrte kurz vor ihrem Gesicht. Ungläubig verzog der Vampir die Visage. Auch Connlans Gegner landeten keine Treffer mehr. Jownas Blick huschte zurück zu den beiden Vampirhexen. Gerade noch rechtzeitig, denn ein Feuerball flog auf sie zu. Jowna machte eine schnelle Handbewegung, als wollte sie ihn auffangen und zurückwerfen. Nur wenige Schritte vor ihr beschrieb der Feuerball eine Kurve und nahm den Weg zurück, den er gekommen war. Er prallte frontal gegen Michelles Oberkörper. Die Wucht des Aufschlags schleuderte die Vampirhexe nach hinten gegen die Wand. Augenblicklich ging sie in Flammen auf. Melanie stieß einen markerschütternden Schrei aus. Connlan nutzte ihre Unaufmerksamkeit, schoss nach vorn und rammte der Vampirhexe einen Holzpflock ins Herz. Sie zerfiel zu Asche.

Die restlichen Vampire flohen. Connlan nahm die Verfolgung auf.

Jowna ließ sich auf den Treppenstufen nieder und barg das Gesicht in den Händen. Das, was eben geschehen war, durfte nicht sein. Es verstieß gegen die natürliche Ordnung. Hexen verloren ihre Kräfte während des Verwandlungsprozesses. Davon abgesehen hatten weder Melanie noch Michelle zu Lebzeiten solche Kräfte besessen. Feuerbälle beschwören konnten Hexen erst mit Erreichen des vierten Ranges und davon waren beide weit entfernt gewesen. Sie bekleideten gerade mal den zweiten Rang.

Ein Geräusch ließ sie aufblicken. Connlan erschien im Türrahmen. »Ich habe sie verloren.«

Jowna erhob sich. »Wir müssen mit Rachel und Mia reden.«

*

»So, fertig.« Rachel legte Nadel und Faden beiseite, tauchte die Hände in eine Schüssel mit Wasser und wusch das Blut von den Fingern.

Connlan erhob sich. »Danke.« Er ging hinüber zur Couch und nahm darauf Platz. Die Naht über dem Auge schmerzte höllisch. Doch der Schmerz war nichts im Vergleich zu dem Hunger, der in seinen Eingeweiden wütete. Allerdings hatte er ihn erwartet nach dem Kampf und dem daraus resultierenden Blutverlust. Die vier Herzschläge im Raum dröhnten unnatürlich laut in seinen Ohren. Lockten ihn mit jedem Schlag. Jownas Wunden machten es nicht einfacher. Untermalten sie doch die süße Melodie des durch die Adern rauschenden Lebenssaftes mit einem verheißungsvollen Duft.

Vielleicht sollte er nach Hause gehen und sich einen Blutbeutel gönnen.

Doch bevor er eine Entscheidung fällen konnte, forderte Rachel ihn und Jowna auf, von den Vorkommnissen auf dem Nowek Anwesen zu berichten. Er überließ Jowna im Großen und Ganzen die Berichterstattung, ergänzte nur hin und wieder Kleinigkeiten. Nachdem sie geendet hatte, herrschte Funkstille.

»Oh mein Gott!«, stieß Rachel schließlich aus. Sie tauschte einen entsetzten Blick mit Mia. »Es ist ihnen gelungen, Hybriden zu erschaffen. Das ist eine …«

»… Katastrophe«, vollendete Mia den Satz ihrer Schwester. »Außerdem sind die Zwillinge um zwei Ränge gestiegen.«

»Und deswegen müssen wir verhindern, dass Betty wiedergeboren wird. Die Vampire halten jetzt schon zu viel Macht in Händen«, sagte Jowna. »Es wird verdammt schwer werden, sie ihnen wieder zu entreißen. Noch können wir es schaffen. Aber diese Blutsauger dürfen ihre Macht nicht noch weiter ausbauen. Ruf Olga an. Bis auf Weiteres solltet ihr drei nicht alleine sein. Wenn ihr ihnen in die Hände fallt … Nicht auszumalen. Ganz besonders du, Rachel.«

Connlan stimmte Jowna im Stillen zu. Alleine war es zu gefährlich für die Frauen. Gemeinsam hatten sie immerhin eine Chance. Außerdem konnten Dennis und er so besser ein Auge auf sie werfen. Auf keinen Fall durften noch mehr Hybriden erschaffen werden. Mit jedem weiteren wurde das Ungleichgewicht größer.

»Ich verstehe kein Wort«, sagte Dennis, der sich seit ihrem Eintreffen im Hintergrund gehalten hatte. »Du hast die Vampirhexen doch vernichtet. Und für mich klang es nicht so, als hättest du allzu große Schwierigkeiten mit ihnen gehabt.«

»Aber nur, weil sie vor ihrer Verwandlung Hexen des zweiten Ranges waren und sie nach ihrer Auferstehung noch immer einen Rang unter mir standen. Alle anderen Frauen gehörten dem dritten Rang an. Und das bedeutet, sie stehen auf der gleichen Stufe wie ich.«

»Und das ist ein Problem?«

»Ja.«

»Kennt ihr keine anderen Hexen dieses Ranges, die ihr um Hilfe bitten könntet?«

»Ich glaube, du hast eine falsche Vorstellung von der Verteilung der Ränge«, meinte Rachel. »Eine Hexe des fünften Ranges ist normalerweise etwas ganz Besonderes. Das kommt nur alle paar Jahrhunderte vor.«

»Ernsthaft? Wieviel Ränge gibt es überhaupt?«

»Sechs. Doch diesen Rang haben in der Geschichte der Hexen gerade mal fünf gemeistert.«

Dennis stieß einen Pfiff aus.

Connlan versteifte sich. Das Jowna mächtig war, war ihm im Nowek Anwesen durchaus bewusst geworden. Aber so mächtig? Er durfte sich nicht ausmalen, was passierte, fiele sie den Vampiren in die Hände. Könnte dann noch irgendjemand Jowna stoppen? Höchstwahrscheinlich nicht. Wenn doch, wäre es wohl mit jeder Menge Opfer verbunden. Zusammen mit Rachel und den anderen Hexen bildeten sie eine übermächtige Kraft. Was immer die Vampire für Ziele verfolgten, mit einer solchen Macht im Rücken waren sie so gut wie unbesiegbar. Und der erste Zirkel war bereits vollständig gewandelt. Es durfte keine weitere Hexe folgen.

Wo war der Schattenkrieger, wenn man ihn brauchte? Na ja, die Frage stellte sich bereits seit gut dreihundert Jahren, und auch wenn die Hilfe des Schattenkriegers bei der Sache durchaus wünschenswert war, wäre es wohl doch besser, wenn er ihm kein zweites Mal über den Weg liefe. Und das hatte nichts damit zu tun, dass seine erste Begegnung mit dem Schattenkrieger nicht zu seinen erfreulichsten Erinnerungen gehörte.

»Mac, bitte.« Flehend blickte Isobel ihn an.

Sie war die Einzige, die ihn so nannte. Es gefiel ihm, doch ihm würde wohl jeder Name gefallen, den sie ihm gab.

»Weißt du, was du da von mir verlangst?«

Sie senkte den Kopf. »Bitte.« Eine einzelne Träne kullerte ihre Wange hinab. »Vater will, dass ich Lachlan heirate. Aber das kann ich nicht. Ich liebe ihn doch nicht.«

Es zerriss ihm das Herz. Er konnte sich noch sehr gut an das Gefühl erinnern, als er von Vater den Befehl erhielt eine Frau zu heiraten, die er absolut schrecklich fand. Doch er kannte auch die Verantwortung, die man als Sprössling eines Chiefs innehatte.

»Ich kann nicht. Was soll aus dir werden, wenn du mit mir fortgehst? Das ist kein Leben für dich, mo chridhe. Du würdest es schon sehr bald hassen.«

»Nein, ganz sicher nicht. Es wäre allemal besser als das, was mich hier erwartet. Du kennst Lachlan nicht. Er ist jähzornig und rücksichtslos. Mac, bitte. Ich dachte, du liebst mich. Jetzt kannst du es mir beweisen.«

Connlan fuhr sich mit der Hand über die Stirn. Wie konnte sie nur seine Gefühle infrage stellen? Das war ungerecht. Natürlich liebte er sie. Mehr, als er jemals irgendwen zuvor geliebt hatte. Nach seiner Gefangenschaft bei Marguerite hatte er gedacht, niemals wieder irgendetwas fühlen zu können.

Bis Isobel in sein Leben getreten war.

Sie hatte den Panzer um sein Herz einem Blitzschlag gleich durchdrungen und die Kälte darin verscheucht.

Er würde alles für sie tun.

Doch er konnte ihr nichts bieten und erst recht keine Sicherheit. Ständig musste er achtgeben. Denn noch immer waren Marguerites Handlanger hinter ihm her und zu allem Überfluss schien sich obendrein auch noch ein Jäger an seine Fersen geheftet zu haben. Schattenkrieger wurde er genannt. Die Vampire fürchteten diesen Jäger wie keinen zweiten. Und Connlan lebte in ständiger Angst, von ihnen aufgespürt zu werden. Isobel war noch so jung, sie zählte gerade mal sechzehn Sommer. Doch mit ihm zusammen fiel ihre Lebenserwartung rapide. Das konnte er nicht zulassen. Er wappnete sich gegen die Tränen, die unweigerlich auf seine Antwort fließen würden.

»Tut mir leid, Isobel. Aber ich liebe dich viel zu sehr, als dass ich dir ein solches Leben zumuten könnte. Glaube mir, Lachlan ist das kleinere Übel.«

Sie funkelte ihn aus sturmblauen Augen an. »Ich hasse dich. Du verdammst mich zu dem Schicksal, dem du entflohen bist.«

»Das ist nicht wahr. Ich bin nicht davongelaufen. Ich war auf dem Weg zurück nach Dunvegan Castle, als ich überfallen wurde, fest entschlossen Vaters Befehl Folge zu leisten. Du kennst die Geschichte. Ich habe sie dir erzählt.«

»Das ist mir egal. Ich werde Lachlan nicht heiraten, lieber gehe ich freiwillig in den Tod.«

Connlan packte Isobel an den Oberarmen und schüttelte sie kräftig. »Wage es ja nicht, hörst du.«

»Autsch, Mac. Du tust mir weh«, schluchzte Isobel.

»Lass sie los, Ungeheuer.«

Connlan fuhr herum. Keine fünf Schritte entfernt stand ein drahtiger Chinese. In der Hand hielt er ein Jian. Verdammt! Warum musste ihn ausgerechnet jetzt der Schattenkrieger finden? Einen schlechteren Zeitpunkt gab es wohl kaum. Connlan hielt die Hände seitlich vom Körper leicht in die Höhe gestreckt, die Handflächen nach vorne. »Ich tue ihr nichts.«

»Dafür werde ich schon sorgen.«

Der Schattenkrieger hob das Schwert und schnellte nach vorn.

»Nein!« Isobels Schrei hallte schmerzhaft in seinen Ohren.

Sie warf sich zwischen ihn und den Jäger. Eine Eislawine rollte über Connlan hinweg. Nur einen Fingerbreit vor ihrem Brustkorb erstarrte die Klinge zur Reglosigkeit. Connlan stieß schwallartig den Atem aus, packte Isobel an den Schultern und schob sie hinter sich.

Doch sie blieb nicht dort, sondern wollte sich wieder vor ihn stellen, als könnte sie ihn so vor dem Jäger beschützen.

Er hinderte sie mit einem Arm daran. »Bleib hinter mir«, fauchte er.

»Nein, er wird dich töten.«

»Ich bin bereits tot.«

Isobel schüttelte den Kopf. Der Schattenkrieger blickte verwirrt von Isobel zu Connlan und wieder zu ihr zurück.

»Bitte«, schluchzte Isobel nun an den Schattenkrieger gewandt, »Sie dürfen meinem Bruder nichts tun.«

»Er ist ein Vampir. Eine Kreatur des Bösen. Er muss vernichtet werden.«

»Nein. Mac ist nicht böse.«

Der Schattenkrieger schob das Jian zurück in die Scheide am Gürtel, dann hob er den Blick und murmelte so leise, dass es nur für Connlans Ohren verständlich war: »Ich bin kein Unmensch. Ich will nicht, dass deine Schwester deinen Tod mit ansehen muss. Deshalb gebe ich dir sechzig Herzschläge Vorsprung.«

Connlan nickte kaum merklich, als Zeichen, dass er verstand. Er dreht sich zu Isobel um. »Alles wird gut. Geh in die Burg, mo chridhe.«

Isobel schüttelte den Kopf. Tränen nässten ihre Wangen. Sie schlang die Arme um seinen Nacken, klammerte sich an ihn. Er gab ihr einen Kuss auf die Stirn, dann löste er mit sanfter Gewalt ihren Griff. »Ich liebe dich, denk immer daran.« Er ließ ihre Handgelenke los und verschwand so schnell er konnte.

Sie rief seinen Namen. Doch er war bereits viel zu weit entfernt, um ihn noch deutlich zu vernehmen.

Er entkam dem Schattenkrieger. Doch es war auch das letzte Mal, dass er seine Halbschwester zu Gesicht bekam.

Als er es wieder wagte, in die Nähe von Dunvegan Castle zu gehen, war Isobel nicht mehr dort. Sie war mit einem Engländer namens Wilhelm Michaels durchgebrannt, den sie kurz nach jener verhängnisvollen Nacht kennengelernt hatte. Vater erlitt daraufhin eine Herzattacke und starb zwei Tage später. Onkel John nahm Vaters Platz als Chief der Mac-

Leods ein. Connlan kehrte nie wieder nach Dunvegan Castle zurück. Für ihn gab es dort nichts mehr.

Er nahm Isobels Spur auf, folgte ihr nach Frankreich. Nach fünfjähriger vergeblicher Suche zog er weiter, bereiste den gesamten europäischen und asiatischen Kontinent.

*

Jowna blätterte durch die Tageszeitung. Als sie zum Lokalnachrichtenteil kam, erweckte eine Schlagzeile ihre Aufmerksamkeit:

Mysteriöses Wetterphänomen kostete Bürgermeister Kolpert das Leben.

Am gestrigen Mittwochnachmittag ereignete sich ein Naturschauspiel ungewöhnlicher Art. Bürgermeister Kolpert befuhr die Mainzer Landstraße, als Augenzeugenberichten zufolge plötzlich aus dem Nichts heraus eine gewaltige Windhose die Limousine erfasste und gegen einen Baum schleuderte. Die Wucht des Aufpralls war so gewaltig, dass sich das Auto förmlich um den Baumstamm wickelte. Bürgermeister Kolpert war sofort tot. Weitere Schäden wurden nicht verursacht.

Die Meteorologen stehen vor einem Rätsel. Sie können die Entstehung der Windhose nicht erklären, da zu diesem Zeitpunkt keine geeigneten klimatischen Bedingungen für ein solches Naturschauspiel vorherrschten.

Jowna senkte die Zeitung. Das hörte sich ganz nach einem Zauber an. Hexen des fünften Ranges konnten das Wetter beeinflussen. Es war eine schwere Disziplin, keine Frage. Doch wenn sie ihre Kräfte vereinten, war es ein Kinderspiel, eine Windhose entstehen zu lassen und sie obendrein gezielt zu lenken. Aber warum hatten sie den Bürgermeister getötet? War es Absicht oder war er nur ein zufälliges Opfer? Und wenn es Absicht gewesen war, welches Ziel verfolgten sie damit?

Jowna überflog die restlichen Zeilen des Artikels. Doch mehr als noch ein paar Vermutungen über das Wetter und die Information, dass der sich erst seit einer Woche im Amt befindende stellvertretende Bürgermeister, Joachim Pawla, die Amtsgeschäfte übernehmen würde, stand nicht darin.

»Entschuldigen Sie, Fräulein Jowna.«

Jowna blickte auf. »Ja, Thomas?«

»Soeben hat ein Herr Dennis Jäger angerufen und lässt Ihnen ausrichten, er konnte es nicht verhindern.«

»Danke, Thomas.«

Der Butler verbeugte sich leicht und schlurfte davon. Shit, verfluchter. Jetzt gab es vier Vampirhexen der Stufe fünf. Denen hatte sie nichts entgegenzusetzen. Jedenfalls nicht, wenn die Vampirhexen zusammenarbeiteten, was sie höchstwahrscheinlich taten. Selbst einzeln waren sie kein leichter Gegner. Jowna ließ den Kopf auf die Arme sinken. Mit einer solchen Bedrohung hatte sie es noch nie zu tun gehabt. Bisher war ein Vampir nichts weiter als ein Vampir gewesen. Hielten sie sich in der Stadt auf, machte sie Jagd auf die Blutsauger und eliminierte sie. Deren Motiv war immer dasselbe: Spaß am Töten verbunden mit einer Mahlzeit. Alles verhältnismäßig einfach und klar definiert.

Aber jetzt? Sie tappte im Dunkeln. Hatte keine Ahnung, wer dahintersteckte und was sie wollten. Geschweige denn, wo sie sich verkrochen. Jowna setzte sich ruckartig auf. Aber es gab vielleicht eine Chance, es herauszufinden. Ein Teil überlebte die Verwandlung. Genauer gesagt der Hexenteil. Und den könnte sie eventuell auspendeln. Dafür bräuchte sie nur etwas Persönliches der jeweiligen Person und das konnte sie besorgen. Zumindest in Bettys Fall. Hastig erhob sie sich und verließ das Haus.

Nach nur wenigen Schritten breitete sich ein leichtes Kribbeln auf ihrer Wirbelsäule aus.

Das war nicht sein Ernst.

Sie verdrehte die Augen und blieb stehen.

»Also gut, Mac. Ich weiß, dass du hier bist. Ich kann dich spüren.«

Connlan trat hinter der Tanne hervor.

»Was tust du hier?«

»Auf dich aufpassen.«

Jowna schüttelte den Kopf. »Unnötig.«

»Mag sein.« Connlan zuckte mit den Schultern. »Ich tue es dennoch.« In seinen Augen lag ein entschlossener Ausdruck.

»Meinetwegen. Ich kann es dir ja sowieso nicht ausreden. Also, steig ein.«

Connlan nahm auf dem Beifahrersitz Platz. Jowna startete den Wagen und fuhr los. Schon bald knisterte die Luft um sie herum. Lud sich mehr und mehr auf, bis die Spannung unerträglich war. Jowna umklammerte das Lenkrad fester. Der Drang, einfach die Hand auszustrecken und Connlan zu berühren, wurde übermächtig.

Jetzt reiß dich zusammen, Jowna Fitzpatrick!

Unter der dicken Daunenjacke staute sich Hitze und trieb ihr den Schweiß aus den Poren. Himmel, ihr Körper reagierte, als wäre sie notgeil.

Endlich kam Bettys Haus in Sicht. Fast schon fluchtartig sprang sie aus dem Auto und warf aufatmend die Tür zu.

»Was wollen wir hier?«, fragte Connlan.

Er stand einen Schritt hinter ihr. Doch Jowna mied es, sich zu ihm umzudrehen, stattdessen blickte sie an der rosafarbenen Fassade des Hauses empor. »Ich will etwas Persönliches von Betty holen, damit ich ihren Standort auspendeln kann.«

»Das geht?«

»Ich hoffe es. Da bei der Verwandlung der Hexenteil nicht stirbt, ist es einen Versuch wert.«

Langsam ging sie den mit Naturstein gepflasterten Gartenweg entlang, der beidseitig von schmalen Rabatten gesäumt wurde, und erklomm die paar Stufen zur Haustür. Ein Gargoyle, der direkt neben dem Eingang saß, schaute ihnen entgegen. Jowna trat zu dem steinernen Wächter und kippte ihn ein Stück nach vorne. Darunter kam ein Schlüssel zum Vorschein. Sie nahm ihn und schloss auf.

Connlan blieb hinter ihr auf der Türschwelle zurück. »Ich kann das Haus nicht betreten.« Frustration schwang in seiner Stimme mit.

»Behalte die Umgebung im Auge. Ich bin gleich wieder da.«

Er gab einen wenig begeisterten Brummlaut von sich, drehte aber um und stieg die Stufen wieder hinab. Jowna schloss die Haustür. Der Flur war hell und freundlich. Bilder von Betty und ihrem Mann sowie von der gemeinsamen Tochter, dem Schwiegersohn und den Enkelkindern hingen an den Wänden. Das Wohnzimmer war im typisch altdeutschen Stil eingerichtet, wohingegen die Küche ultramodern wirkte. Das Schlafzimmer präsentierte sich im Stil der 50er Jahre. Im Nachttischschränkchen fand Jowna ein Pendel aus Bergkristall. Perfekt. Es gab nichts Persönlicheres einer Hexe als ihr Pendel. Sie ließ die Kette mit dem Kristall in die Jackentasche gleiten und verließ das Haus.

Connlan lehnte lässig gegen das Auto und wirkte, als sei es das Normalste der Welt, dort in der Gegend herumzustehen. Jowna schloss ab und deponierte den Schlüssel wieder unter dem Gargoyle. Sie hatte den Wagen fast erreicht, als Connlan sich abstieß und im Inneren des Autos verschwand.

»Ich möchte gerne dabei sein, wenn du sie auspendelst«, sagte er, kaum dass sie sich auf den Sitz rutschen ließ.

»Kein Problem. Allerdings sollten wir besser zu dir fahren, da Paps heute Nachmittag zu Hause ist. Hast du eine Landkarte?«

Er nickte.

Aufatmend parkte Jowna kurze Zeit später am Straßenrand. Die Fahrt hatte sich schon wieder zur reinsten Zerreißprobe entwickelt. Der Innenraum schien zu schrumpfen und die Temperatur stieg ins Tropische. Ganz zu schweigen von der elektrisch aufgeladenen Atmosphäre, die jedes Nervenende bis zur Überspannung reizte. Jownas Herz klopfte viel zu schnell und sie hoffte, Connlan würde es nicht registrieren, denn hören konnte er es, soviel war sicher. Doch er hatte sich nichts anmerken lassen. Jetzt lief er vorne weg und schloss die Haustür auf. In der Diele zog Jowna die schneenassen Schuhe aus, hängte die Jacke an einen Garderobenhaken und folgte Connlan ins Wohnzimmer.

»Möchtest du einen Kaffee?«

Jowna nickte nur, da sie ihrer Stimme nicht traute. Er verschwand und sie hörte ihn in der Küche hantieren, dann sprang das Mahlwerk eines Kaffeeautomaten an. Wenig später kam Connlan zurück und stellte zwei dampfende Tassen auf den Wohnzimmertisch. Jowna wandte sich vom Fenster ab und trat zu Connlan, der sich genau in diesem Moment aufrichtete. Sein Blick traf ihren.

Sie sollte wegschauen, doch es war ihr unmöglich. Das Blau seiner Iris verdunkelte sich, wurde intensiver und fing zu glühen an. Es griff nach ihr, schnitt die Außenwelt ab, löschte die Umgebung aus ihrem Bewusstsein, bis nichts anderes mehr existierte. Langsam, als wäre sie ein scheues Tier, das bei der kleinsten unbedachten Bewegung floh, näherte sich Connlan ihr. Sachte berührten seine Fingerspitzen ihre Wange, während sein Daumen über ihre Unterlippe strich. Seine Finger glitten um ihren Nacken und zogen sie dichter heran. Heißhungrig eroberte sein Mund den ihren. Ein Ziehen durchströmte Jowna, konzentrierte sich in ihrem Schoß. Wie von selbst hoben sich ihre Arme und schlangen sich um Connlans Nacken. Sie drängte sich enger an ihn, spürte seine wachsende Erregung. Ohne Eile ließ sie ihre Hände an seinem Rückgrat nach unten wandern, umfasste den Saum seines Pullovers und schob ihn nach oben über seinen Kopf. Sofort senkten sich seine Lippen wieder auf ihre und seine Zunge setzte die Plünderung ihres Mundes fort. Seine Hände gruben sich in ihre Haare, nur um sich eine Weile später daraus zu lösen und ungeduldig an ihrem Sweatshirt zu ziehen, bis es schließlich zu Boden fiel. Er ließ seine Lippen an ihrem Hals entlangwandern, während seine Finger sich am Verschluss des BHs zu schaffen machten. Geschickt löste er die Haken und streifte die Träger über ihre Schultern. Heiß umschloss sein Mund eine ihrer Brustspitzen und sog daran. Aufreizend ließ er seine Zungenspitze um die hart aufgerichtete Knospe kreisen, um im nächsten Augenblick daran zu knabbern. Das sandte eine Feuersbrunst durch ihren Körper, entfachte einen Flächenbrand, dessen heißeste Flamme sich zwischen ihren Beinen konzentrierte. Jowna öffnete Knopf und Reißverschluss seiner Jeans. Sanft umspielte sie seine Eichel mit den Fingerspitzen. Connlan stöhnte, sein Kuss wurde drängender. Mit einer Hand umschloss sie sein Glied und glitt auffordernd daran auf und ab. Connlan hob sie auf die Arme und bettete sie auf den Teppich vor dem

Kamin. In Windeseile streifte er ihr die Hose von den Hüften und drang in sie ein. Jowna schlang die Beine um Connlans Hüften, nahm in tiefer in sich auf. Ohne Mühe passte sie sich seinem Rhythmus an. Das Feuer brannte immer heißer, bis es sie endgültig verzehrte.

*

Connlan ließ sich ermattet zurücksinken. Neben ihm beruhigte sich Jownas Atmung langsam. Allmählich setzte sein Verstand wieder ein. Er hoffte, er hatte mit seinem unüberlegten Handeln ihre Beziehung nicht noch mehr verkompliziert. Das Jowna auf ihn sexuell reagierte, war für ihn kein Geheimnis. Er konnte ihre Erregung riechen, so wie vorhin im Auto. Doch das hieß noch lange nicht, dass sie von dem Gedanken angetan war, dieser Anziehung auch nachzugeben. Ganz im Gegenteil könnte sie sich sogar dafür verachten. Immerhin war er ein Vampir und Jowna war alles andere als begeistert von dieser Tatsache gewesen. Weswegen er auch vorgehabt hatte, ihr Zeit zu lassen, damit sie sich an den Gedanken gewöhnen konnte. Er war ja schon glücklich, dass sie überhaupt wieder mit ihm sprach. Zur Hölle mit seiner mangelnden Selbstbeherrschung. Aber immerhin hatte sie ihm keinen Korb gegeben. Ob das als gut oder schlecht war, würde sich noch zeigen müssen.

Das Knirschen eines Schlüssels im Haustürschloss ließ ihn in die Höhe fahren.

»Scheiße! Ich habe Dennis ganz vergessen.«

»Was? Oh, Shit.«

Während er bereits das letzte Kleidungsstück überstreifte, suchte Jowna noch ihre Sachen zusammen. »Ich verschaffe dir ein wenig Zeit«, sagte er und zog die Zimmertür hinter sich zu.

Er war nur noch wenige Schritte vom Hauseingang entfernt, da trat Dennis ein und brachte einen Schwall kalter Luft mit. Erschrocken zuckte sein Freund zusammen. »Kreizsacklzement, Mac, was stehst du da im Halbdunkeln rum?«

»Ich stehe hier nicht rum.«

»Nein? Was machst du dann in der Diele?«

Ja was? Er musste sich schnell etwas einfallen lassen, bevor es peinlich wurde. »Ich wollte etwas holen.«

Pah! Was Besseres kam ihm nicht in den Sinn?

Fragend schaute Dennis ihn an. Connlans Blick fiel auf Jownas Jacke. Ein Grinsen stieg in ihm auf. Genau, was er jetzt brauchte. Er steuerte auf das Kleidungsstück zu. »Jo hat das Pendel in ihrer Tasche vergessen. Ich wollte es gerade holen.«

»Jo ist hier?«

»Ja.« Er griff in die Jackentasche und holte den Kristall hervor. »Sie will versuchen, Betty auszupendeln. Wir hoffen, dadurch das Versteck der Vampire zu finden.«

»Gute Idee.« Dennis setzte sich Richtung Wohnzimmer in Bewegung. Hastig legte er Dennis eine Hand auf die Schulter und hielt ihn zurück, was ihm einen verdutzten Gesichtsausdruck einbrachte. »Kaffee?«, fragte er schnell.

»Ja, klar.«

»Dann mach dir einen«, sagte er und schob sich an Dennis vorbei.

Der warf ihm einen mehr als irritierten Blick zu. »Gleich, ich geh nur schnell Jo Hallo sagen.«

Connlan drehte um, legte einen Arm um Dennis' Schultern und schob ihn zur Küche. »Ach was, zuerst machen wir dir einen Kaffee. Jo und ich haben schon einen.«

Dennis zog die Augenbrauen zusammen. »Ist alles in Ordnung?«

»Sicher. Was soll die dumme Frage?«

Dennis zuckte mit den Schultern. »Weiß nicht? Du verhältst dich merkwürdig.«

»Ich? Quatsch, das bildest du dir ein.«

Dennis blieb abrupt stehen. »Connlan MacLeod, hör auf zu lügen.«

So eine verdammte Scheiße! Warum konnte er Dennis nie etwas vormachen? »Okay, wenn du es unbedingt wissen willst. Jowna und ich hatten eben eine Meinungsverschiedenheit und ich will ihr ein paar Minuten geben, um wieder runterzukommen.«

»Warum sagst du das nicht gleich?«

Dennis nahm eine Tasse aus dem Schrank und ging zum Kaffeeautomaten.

Connlan warf einen Blick zur Decke. Da hatte er gerade noch mal die Kurve bekommen.

»So«, meinte Dennis, als er die volle Kaffeetasse hochhob. »Jowna dürfte genügend Zeit gehabt haben, um sich wieder zu beruhigen. Lass uns rübergehen.«

Connlan nickte. Noch länger konnte er Dennis nicht hinhalten, also ging er voran.

Hoffentlich war Jowna angezogen.

Als er die Wohnzimmertür öffnete, saß sie auf dem Sofa. Bei ihrem Eintreten röteten sich ihre Wangen und sie blickte ihnen ertappt entgegen. Dennis schaute von Jowna zu ihm und wieder zurück.

»Mh-mh, Meinungsverschiedenheit«, sagte er leise, während seine Lippen verdächtig zuckten. »Hi, Jo.«

»Hallo« Jownas Stimme klang ein wenig dünn und sie führte hastig die Tasse an die Lippen.

Connlan tat so, als sei alles in bester Ordnung, setzte sich neben sie und gab ihr das Pendel. »Hier ist es.«

Sie warf ihm einen schnellen Blick zu, griff seine Vorlage aber auf. »Danke. Fehlt nur noch die Landkarte.«

Er verschwand, um noch in derselben Sekunde wieder auf dem Sofa zu sitzen. Einen Atemzug später breitete er eine Karte auf dem Tisch aus. Schweigend sahen er und Dennis zu, wie Jowna das Pendel knapp über der Karte kreisen ließ. Plötzlich erhöhte sich die Geschwindigkeit des Pendels. Immer schneller und enger zog es seine Kreise, bis es wie von Geisterhand schlagartig stillstand.

Dennis beugte sich über die Landkarte. »Betty hält sich dort auf?«

»Ja.«

»Da ist nichts. Nur Gebirge«, sagte er wenig überzeugt.

»Perfekt«, antwortete Connlan. »Kaum jemand wird sich dahin verirren. Zu weit entfernt von der Stadt liegt es auch nicht. Ein idealer Platz für ein Versteck.«

»Das ist mindestens ein Zweitagesmarsch durch die Berge und davor noch mal eine vierstündige Autofahrt.«

»Ein Vampir braucht für die Strecke nicht mehr als einen Tag«, erwiderte Connlan achselzuckend. »Also echt keine Entfernung.«

»Wir sollten das überprüfen«, meinte Jowna.

Dennis kratzte sich am Kopf. »Also wenn ich ehrlich bin, habe ich kein gutes Gefühl bei der Sache. Wisst ihr, wen wir jetzt gut in unserem Team gebrauchen könnten?« Fragend schaute Dennis von Jowna zu ihm.

Connlan zuckte genau wie Jowna mit den Schultern.

»Diesen legendären Vampirjäger. Ihr wisst schon, diesen Schattenkrieger. Leider ist er seit drei Jahrhunderten in der Versenkung verschwunden.«

Jowna lehnte sich zurück. »Der begleitet euch doch.«

Connlan zuckte zusammen. Bitte was? Das durfte nicht wahr sein. Den konnte er überhaupt nicht gebrauchen!

Wann zur Hölle hatte Jowna vorgehabt, ihnen das mitzuteilen?

»Was? Du hast Kontakt zu ihm? Wann kommt er?« Dennis beugte sich aufgeregt nach vorne.

»Ich bin der Schattenkrieger, Dennis.«

Um Connlan drehte sich alles, die Wände stürzten auf ihn ein und Eiswasser schoss durch seine Adern.

Nein! Das war unmöglich!

Er hatte noch nie von einem weiblichen Schattenkrieger gehört. Außerdem – Jowna war eine Hexe! Irritiert fuhr er sich durchs Haar.

»Ich dachte Schattenkrieger wären nur Männer«, sagte da Dennis.

»Das stimmt, deswegen gab es auch die letzten dreihundert Jahre keine. Warum auch immer gab es in dieser Zeit nur weibliche Nachkommen und bei denen wird das Gen nicht aktiv.« Jowna hob die Hand und stoppte Dennis' Einwurf. »Frag mich nicht, warum es bei mir anders ist. Ich vermute, dass meine Hexengene daran schuld sind.«

Connlan fuhr in die Höhe. »Du wirst uns nicht begleiten, hast du verstanden?«, blaffte er Jowna an.

Mit großen Augen blickte sie zu ihm auf, und auch Dennis starrte ihn mit aufgerissenen Augen und offenem Mund an.

»Sag mal, spinnst du? Natürliche gehe ich mit. Warum in drei Teufels Namen sollte ich hierbleiben?«

»Weil ich es dir verbiete, deswegen.«

Auf Jownas Wangen zeichneten sich hektische rote Flecken ab. Ihre Augen blitzten und ihre Brauen zogen sich über der Nasenwurzel zusammen. Sie war aufgesprungen und lehnte sich ihm entgegen, die Fäuste in die Taille gestemmt. »Was bildest du dir eigentlich ein? Ich lass mir von dir bestimmt nicht vorschreiben, was ich zu tun und zu lassen habe. Wir sind hier nicht im tiefsten Mittelalter. Woher nimmst du dir das Recht, mir irgendetwas verbieten zu wollen? Nur weil wir zusammen im Bett waren, heißt das noch lange nicht, dass du über mich gebieten kannst.«

»Das hat doch damit, nichts zu tun. Ich will dich einfach nicht dabei haben, basta!«

»Es ist mir scheißegal, was du willst. Ich gehe mit. Ende der Diskussion!«

Zur Hölle mit ihr. Warum musste sie nur so stur sein? Er fuhr sich mit den Händen durchs Haar. Konnte sie nicht ein einziges Mal auf das hören, was er ihr sagte?

»Jo, bitte, es ist gefährlich«, versuchte er es jetzt mit einem flehenden Tonfall. Vielleicht zeigte das ja Wirkung.

»Das weiß ich nur zu gut. Aber wie willst du oder Dennis mit den Vampirhexen fertig werden? Ohne mich habt ihr keine Chance.«

»Da muss ich Jo recht geben«, warf Dennis ein.

Sehr hilfreich, danke Dennis.

Connlan ließ sich kraftlos aufs Sofa fallen und barg das Gesicht in den Händen. »Also gut«, murmelte er schließlich den Kopf hebend, »wir brechen morgen früh um acht auf. Sei pünktlich, ich warte nicht.«

*

Jowna schlug den Kofferraumdeckel zu und schulterte den Rucksack. Sie hatte ihn gleich nachdem sie gestern nach Hause gekommen war gepackt und anschließend im Auto deponiert.

Paps hatte sie dann erzählt, Kathrin und sie würden für etwa eine Woche nach München in ein Wellnesshotel fahren.

Sie warf einen Blick nach oben. Die Wettervorhersage versprach in den nächsten Tagen strahlend blauen Himmel und Sonne pur. Na hoffentlich irrten die Meteorologen sich nicht, schlechtes Wetter konnten sie nämlich nicht gebrauchen. Die Kälte genügte bereits vollkommen.

Ob Connlan sich mittlerweile beruhigt hatte? Sein gestriger Ausbruch war mehr als überraschend gewesen. Noch Minuten zuvor hatte es ihm scheinbar nichts ausgemacht, dass sie mit von der Partie war und dann …

Sie schüttelte den Kopf. Als hätte sie plötzlich die Krätze oder so was und brächte damit alle in Gefahr. Schwachsinn.

Er sollte doch froh sein, dass sie der Schattenkrieger war. Immerhin brachte es ihnen einen weiteren Vorteil ein.

Aber das sah er anscheinend anders. Warum, wussten die Geier.

Sie erreichte das Haus. Merkwürdig. Nirgendwo sah sie Licht brennen. Sie lief die Einfahrt hinauf und klingelte an der Tür. Nichts. Also klingelte sie ein weiteres Mal, diesmal ein wenig energischer. Doch noch immer regte sich nichts im Haus. Das gab es ja wohl nicht. Die beiden waren doch nicht etwa ohne sie aufgebrochen? Schnell schaute sie auf die Armbanduhr. Nein, sie war nicht zu spät. Es war erst zehn vor acht. Erneut legte sie den Zeigefinger auf den runden Knopf und hielt ihn gedrückt. Ein lang gezogenes Schrillen war von drinnen zu hören. Endlich wurde die Tür aufgerissen.

»Kruzefix noch mal! Was soll der Höllenlärm«, brummte Dennis. Die Haare standen ihm wild vom Kopf ab und sein Gesicht wirkte zerknautscht. Er wischte sich über die Lider und starrte sie an, als sei sie ein unerwarteter Gast. »Was machst du schon hier?«

»Hast du mal auf die Uhr geschaut? Wir waren in zehn Minuten verabredet.«

»Was!? Kann nicht sein. Mac hätte mich geweckt, der verschläft …« Dennis unterbrach sich und riss die Augen auf. »Das glaube ich jetzt nicht«, rief er und drehte auf dem Absatz um. Immer zwei Stufen auf einmal nehmend stürmte er die Treppe hinauf.

Jowna betrat den Flur und schloss die Tür, dann setzte sie den Rucksack ab. Von oben drangen Flüche und Verwünschungen zu ihr hinab, dann erschien Dennis wieder auf der Treppe. »Er ist weg«, rief er zu ihr runter. »Dieser verdammte Mistkerl muss mir gestern noch ein Schlafmittel in den Kaffee gemischt haben. Bin gleich bei dir. Ich zieh mir nur was anderes an.«

Super. Wie blöd konnte man nur sein, um sich alleine auf den Weg zum Versteck der Vampire zu begeben? Als wenn er auch nur die geringste Chance hätte, wenn die Vampirhexen dort waren. Na warte. Sie würde ihm ordentlich in den Hintern treten, sobald sie ihn sah. Dieser dämliche Sturkopf. So leicht käme er ihr nicht davon.

Dennis kam die Treppe heruntergeflitzt. In Windeseile zog er seine Jacke an und schnappte sich seinen Rucksack. »Lass uns gehen.«

Jowna nickte und folgte ihm zum Auto. Die Fahrt verlief schweigend. Zu sehr waren sie beide mit ihren eigenen Gedanken beschäftigt. Dennis war zudem stocksauer, was sie an dem unaufhörlich mahlenden Kiefer und der angespannten Haltung erkennen konnte. Und auch ihre Wut auf Connlan war noch nicht verraucht.

Dennis schaffte die vierstündige Fahrt in drei, was sie seiner permanenten Geschwindigkeitsüberschreitung verdankten. Er hielt neben einer schwarzen Corvette. Connlans

Wagen. Also war er die erste Etappe mit dem Auto gefahren. Dennoch war sein Vorsprung nicht mehr einzuholen, da er zu Fuß wesentlich schneller vorankam als sie. Blieb nur noch die Hoffnung, dass er noch lebte, wenn sie beim Versteck ankamen. Jowna warf einen Blick nach oben. Wenigstens schien sich die Wettervorhersage zu bewahrheiten. Die Sonne lachte von einem strahlend blauen Himmel und lud zu einem Spaziergang in der winterlichen Landschaft ein. Es ging steil bergauf und der Schnee machte das Vorankommen nicht einfach, was zusätzlich Zeit kostete und kraftraubend war. Aber zumindest konnten sie Connlans Spur folgen, die sich tief in der weißen Pracht abzeichnete. Zur Mittagszeit legten sie eine Rast ein und aßen etwas. Sie hielten sich aber nicht lange auf und so erklommen sie schon bald weiter den Pfad, der zunehmend steiler wurde. Am späten Nachmittag brach die Dunkelheit rasch über sie herein, doch sie liefen weiter, da Connlans Fußabdrücke im Schein der Taschenlampen noch immer gut zu erkennen waren. Plötzlich verschwanden sie. Lösten sich vor ihren Augen auf. Jowna drehte sich um und leuchtete zurück, doch im Schnee zeichneten sich nur noch Dennis' und ihre Fußspuren ab. »Scheißdreck!«, entfuhr es ihr.

»Was?« Dennis ließ den Lichtstrahl suchend hin und her gleiten. »Wie?«

»Gib dir keine Mühe. Du wirst nichts mehr finden. Sie haben Connlan erwischt und die Spuren magisch verschwinden lassen.«

»Soll das heißen, er ist tot?«

Jowna zuckte mit den Schultern. »Keine Ahnung. Ich hoffe nicht.«

*

»Schau mal einer an. Der verlorene Sohn kehrt heim.«

Connlan fuhr herum. Seine Kopfhaut kribbelte und in seinem Magen klumpte sich etwas zusammen. Durch seine Adern jagten Eiskristalle.

Marguerite.

Das durfte nicht wahr sein. Sie steckte also hinter all dem. Warum war er nicht von allein darauf gekommen? Seit je her verfolgte sie ehrgeizige Pläne und mit der Erschaffung von Vampirhexen war sie diesen einen ganzen Schritt näher gekommen. Doch wie hatte sie ihn nur so schnell entdecken können? Er war vorsichtig gewesen, als er in das Höhlensystem eingedrungen war.

»Was denn, keine Begrüßung für deine Gebieterin?«

»Du bist nicht meine Gebieterin.«

Marguerite lachte. Connlan zuckte unter dem Laut zusammen. Die Höhlenwände warfen ihr glockenhelles Lachen um ein Vielfaches zurück, was gespenstisch klang.

»Dummkopf!«, sagte sie spöttisch, »Du gehörst mir. Das hast du schon immer und daran wird sich auch nie etwas ändern.«

»Nein!«

»Oh, doch.«

Sie trat dicht an ihn heran. Im ersten Impuls wollte er zurückweichen, doch er unterdrückte ihn, denn Marguerite hätte die Geste als Angst interpretiert und das wollte er auf keinen Fall.

»Ein zweites Mal entkommst du mir nicht.«

Ihr Atem strich über seine Wange und ließ ihn frösteln.

Hände schlossen sich wie Schraubzwingen um seine Handgelenke, drehten ihm die Arme nach hinten in die Luft und zwangen ihn auf die Knie. Er unterdrückte ein Stöhnen, doch Marguerite entging es nicht. Sie grinste höhnisch auf ihn herab. »Die Schmerzen sind nichts im Vergleich zu denen, die ich dir noch zufügen werde, Darling«, flüsterte sie, wobei sie das letzte Wort dermaßen betonte, dass es sich wie eine Drohung anhörte.

Ein Zittern durchlief seinen Körper. Ein Echo auf die Schmerzen, die sie ihm bereits vor so vielen Jahrhunderten zugefügt hatte. Doch diesmal würde sie ungleich grausamer vorgehen, das wusste er. Er hatte sie mit seiner Flucht gedemütigt und Marguerite gehörte nicht zu dem Schlag, der vergaß oder gar vergab. Die beiden Muskelprotze, die ihn hielten, verdrehten ihm die Arme noch ein Stück mehr. Er biss sich auf die Lippe. So schnell wollte er ihr die Genugtuung, ihn ein weiteres Mal vor Schmerz stöhnen zu hören nicht geben. Ihre Augen verengten sich. Ein sicheres Zeichen, dass er sie noch immer zur Weißglut treiben konnte. Er verzog die Lippen zu einem Lächeln und blickte sie herausfordernd an. Marguerite holte aus und verpasste ihm mit dem Handrücken einen Schlag. Langsam fuhr er mit der Zunge über den Mundwinkel, leckte das herunterlaufende Blut ab, bevor er seine Lippen erneut zu einem Grinsen verzog. Es war nicht gerade gescheit, was er da tat, doch das war ihm egal. Niemals würde er klein beigeben, jedenfalls nicht, solange er noch bei Sinnen war. Auf ein unsichtbares Zeichen hin zerrten ihn die beiden Gorillas zu einem Stuhl und banden ihn darauf fest.

Marguerite beugte sich zu ihm hinunter und fuhr mit einem Messer seine Wange entlang. Wie ein Lauffeuer folgte der Schmerz der Klinge. »Du bist ein unartiger Junge gewesen«, flüsterte sie ihm ins Ohr, bevor sie ihm in die Haare packte und seinen Kopf in den Nacken bog. Genießerisch strich sie mit der Zunge über den Schnitt, bevor sie ihren Mund auf seinen presste. Er kniff die Lippen zusammen, wollte ihre drängende Zunge aussperren. Als Antwort biss sie ihm in die Unterlippe. Der Schmerz ließ ihn nach Luft schnappen. Sofort war ihre Zunge in seinem Mund. Diesmal ließ er es geschehen, blieb aber unbeteiligt, was Marguerite nicht davon abhielt, seinen Mund zu plündern und anschließend an seiner aufgebissenen Lippe zu saugen. Endlich ließ sie von ihm ab und richtete sich auf. In ihren Augen blitzte ein begieriges Funkeln. »Diesmal wirst du mich anbetteln«, versprach sie ihm.

»Niemals. Eher sterbe ich.«

»Wir werden sehen.«

Ihre Mundwinkel verzogen sich zu einem sardonischen Grinsen, während sie Millimeter um Millimeter ein spitzes Holzstück in sein Fleisch bohrte.

*

Shit, da friert man sich ja den Hintern ab.

Hastig zog Jowna die Hose hoch und stapfte hinter dem Fels hervor. Dennis, der ebenfalls ein wenig abseits gegangen war, wartete bereits.

»Lass uns weitergehen.«

Dennis blickte kurz in ihre Richtung, dann nickte er stumm. In seinen Augen konnte sie dieselbe Angst erkennen, die auch sie beherrschte. Die immer und immer wieder die gleiche Frage aufwarf: Lebte Connlan noch? Die Wahrscheinlichkeit dafür war schwindend gering. Warum sollten die Vampire einen Eindringling am Leben lassen?

Informationen.

An diese Hoffnung klammerte sie sich.

Es war ein überaus dünner Strohhalm, doch wenigstens gab es einen. Warum zum Geier wünschte sie sich so verzweifelt, dass er noch lebte? Er war ein Vampir, Gott verdammt noch mal!

Aber ein ganz besonderer Vampir, flüsterte eine Stimme in ihrem Kopf. Einzigartig. Er besaß Gerechtigkeitssinn und ein gutes Herz und er war nett und liebevoll und …

Oh nein, nein, nein, nein. Das durfte nicht wahr sein!

Ausgerechnet jetzt musste ihr eine solche Erkenntnis kommen. Mieses Timing. *Sehr hilfreich, Jowna.* Bloß nicht daran denken. Solange sie es leugnete, war es nicht real. Und sie wollte nicht, dass es real war. Niemals. Selbst wenn Connlan noch lebte und irgendetwas tief in ihr drinnen sagte ihr, dass dem so war, gab es keine Zukunft für sie beide.

Er alterte nicht. Sie schon.

Wie lange könnte sie über diesen wesentlichen Punkt hinwegsehen? Zehn Jahre? Fünfzehn? Irgendwann käme die Zeit, in der man sie für seine Mutter hielt und ein paar Jahre später sogar für seine Großmutter. Nein, sie wollte nicht ihre besten Jahre in eine aussichtslose Beziehung investieren, nur um im Alter festzustellen, dass sie alleine und unglücklich war. Sobald die Gefahr der Vampirhexen beseitigt war, durfte sie Connlan nicht mehr sehen. Es war besser, die Beziehung zu beenden, bevor sie anfing.

»Hier ist es«, rief Dennis und marschierte auf einen Höhleneingang zu.

»Warte! Der Eingang wird bestimmt überwacht.«

Dennis blieb stehen und drehte sich zu ihr um. »Meinst du?«

Jowna nickte. »Klar. Ich würde es jedenfalls so handhaben, wenn mir solche magischen Kräfte zur Verfügung stünden.«

»Und was machen wir jetzt?«

»Moment.« Sie streifte den Rucksack von den Schultern und griff in die Seitentasche. Ihre Finger schlossen sich um zwei der drei etwa daumengroßen Onyx, die sie dort hineingelegt hatte. Ein Pulsieren ging von der Kraft der Steine aus. Jowna senkte die Lider und konzentrierte sich auf diese Kraft, verwob sie mit ihrem Willen. »Absconde.«

Sie reichte Dennis einen Onyx. Er musterte den Stein mit hochgezogenen Augenbrauen von allen Seiten und hob den Blick. »Was soll ich damit?«

»In die Hosentasche stecken.«

»Warum?«

»Weil dich der Stein für deren Radar unsichtbar macht. Niemand kann dich magisch aufspüren, solange du den Onyx bei dir trägst. Hoffe ich jedenfalls.«

»Du hoffst?«

»Keine Sorge, es wird funktionieren.«

Dennis zog die Stirn kraus, sparte sich aber einen weiteren Kommentar. Stattdessen steckte er den Onyx in die Tasche seiner Jeans und verschwand in der Felsspalte. Jowna folgte ihm. Dunkler Fels umgab sie, der das wenige Tageslicht, welches hereinfiel, fast vollständig schluckte. Nach ein paar Schritten durch den engen Schlauch stand sie in einer Höhle. Dennis schaltete die Taschenlampe ein. Der helle Lichtkegel offenbarte direkt vor ihnen einen weiteren Durchlass. Jowna griff nach ihrer Taschenlampe und betätigte den Schalter. Sofort flammte der Halogenstrahl auf und erhellte ein weiteres Stück der winzigen Höhle. Langsam ließ sie den Lichtschein über die Höhlenwände gleiten. Linker Hand war ein zweiter Durchgang, der fast völlig von einem Felsen verdeckt wurde und somit leicht übersehen werden konnte. »Den nehmen wir«, flüsterte sie.

Dennis erhob keinen Einspruch. Sie liefen eine Weile durch einen im Durchmesser etwa zwei Meter großen Tunnel. Ein Lichtschimmer weiter vorne ließ sie innehalten.

Hastig machten sie ihre Taschenlampen aus, dann schlichen sie weiter. Der Gang mündete in eine Höhle, die von etlichen Fackeln erhellt wurde. Mehrere Stapel mit unterschiedlich großen Kisten lagerten in ihr. Dazwischen standen verschiedene Möbelstücke, zusammengerollte Teppiche, Dutzende Gemälde und Truhen mit Kleidung. Wieder gingen zwei Gänge ab. Diesmal entschied Dennis, welchen sie nahmen.

Sie gelangten in eine weitere Höhle, die von Kerzen und Petroleumlampen in warmes Licht getaucht wurde. Überall luden Sitzgruppen, einzelne Sofas und Chaiselongues zum Verweilen ein. Teppiche bedeckten den kalten Felsboden. Ein kräftiges Kribbeln an der Wirbelsäule sagte ihr, dass sie nicht mehr alleine waren. Auf der linken Seite bewegte sich ein Schatten. »Achtung Dennis, links von dir!«

Dennis schnellte herum und blockte den Schlag im letzten Moment. Doch schon jagten weitere Vampire heran. Wenn sie ihn erreichten, war er verloren. Sie griff mental nach den Blutsaugern und schleuderte sie fort. Schon strömten weitere Gegner in die Höhle, griffen jetzt auch Jowna an.

Der Schutzschild! Sie musste ihn beschwören.

Es war ihre einzige Chance, die zahlenmäßige Überlegenheit der Vampire ein wenig auszugleichen. Sie schloss die Augen, beschwor den Schild und legte ihn um Dennis und sich. Die Vampire zischten wütend, als ihre Angriffe ins Leere liefen. Doch der Vorteil würde nicht lange anhalten. Sie mussten von hier verschwinden, und zwar schnell. Sobald die Vampirhexen erschienen, hätten sie ein massives Problem. »Dennis!«

Sie deutete mit dem Kopf Richtung Ausgang. Er nickte. Eine Mauer aus Vampiren stellte sich zwischen sie und den Fluchtweg. Jowna schleuderte sie beiseite, doch schon rückten neue Blutsauger nach. Erneut stieß sie sie mit ihren telekinetischen Kräften aus dem Weg, aber wie zuvor waren sofort andere zur Stelle, um die Lücke zu schließen.

»Genug«, ertönte eine leicht rauchige Stimme hinter ihnen.

Jowna wirbelte herum. Heilige Scheiße. Vor ihr stand die personifizierte Sünde. Sie war nicht groß, höchstens ein Meter sechzig, eher ein paar Zentimeter kleiner. Ihr Gesicht wirkte wie aus Biskuitporzellan modelliert und die vollen sinnlich geschwungenen Lippen leuchteten darin wie Blut auf frisch gefallenem Schnee. Ihre Augen besaßen die Farbe von geschmolzener Milchschokolade und wurden von langen, dichten Wimpern umrahmt. Das Haar war eine Nuance dunkler und floss in weichen Wellen hinab bis auf ihre Hüften. Noch nie hatte Jowna eine solche Wespentaille gesehen. Die Vampirin strahlte so viel Sinnlichkeit aus, dass es wohl jedem Mann in ihrer Nähe den Verstand kosten musste. Schon ihre Stimme allein war die pure Verführung, doch zusammen mit diesem perfekt geformten Körper war sie ein einziges Versprechen. Neben dieser Frau wirkte selbst Kathrin wie ein Bauerntrampel. Dennis fiel förmlich der Unterkiefer bis zum Boden. Allerdings hatte er sich relativ schnell wieder im Griff. Was auch immer ihn davor bewahrte, sich nicht in ein sabberndes Stück Fleisch zu verwandeln – Jowna war dankbar dafür.

»Sieh einer an, die Hexe mit den besonderen Fähigkeiten. Nett von dir, vorbeizuschauen. Du ersparst uns den Weg zu dir. Sonja, Darling, sei so gut und entferne bitte den Schutzschild.«

Jowna versteifte sich. Wenn Sonja es schaffte, waren sie den Vampiren auf Gedeih und Verderb ausgeliefert. Sie musste den Schild unbedingt halten. Was hatten sie sich nur dabei gedacht, einfach hier hereinzuspazieren, ohne vorher einen Plan zu entwickeln? Da hätte sie sich ja gleich ein goldenes Schleifchen umbinden und sich auf ein Silbertablett legen können. Dumm. Genau das waren sie, absolut dumm und unbesonnen. Allen voran Connlan.

Jowna spürte ein Zerren an der unsichtbaren Barriere, weswegen sie noch ein wenig mehr Macht in diese fließen ließ. Das Zerren schwächte zu einem Zupfen ab.

»Ich schaffe es nicht, Gebieterin. Ihre Macht ist zu stark.«

»Hilf ihr, Irina.«

Irina trat neben Sonja. Einen Herzschlag später wurde das Zupfen wieder zu einem Zerren. Unablässig attackierten die beiden Vampirhexen den Schutzschild. Schweißperlen bildeten sich auf Jownas Stirn. Ewig würde sie den beiden nicht standhalten können. Sie griff mental nach ihnen und wollte sie fortschleudern, um ihre Konzentration zu stören, doch sie wurden ebenfalls von einem Schutzschild umgeben.

»Betty«, sagte die Anführerin mit einem ungeduldigen Unterton.

Sofort steigerte sich der Zug an der unsichtbaren Barriere. Jowna keuchte auf. Ihre Finger zitterten und Schweißtropfen rannen zwischen ihren Schulterblättern hinab. Sie fühlte den ersten feinen Riss.

»Kind, wehr dich nicht. Alles ist gut.«

Sophia. Vor dieser Begegnung hatte Jowna sich gefürchtet. Sie lenkte den Blick auf ihre Freundin. Sophia sah gut aus. Nur die gesunde Bräunung der Haut war einer unnatürlichen Blässe gewichen. »Nichts ist gut. Und was immer ihr für einen Zauber aussprecht, um aus mir einen Hybriden zu machen, ich werde dagegenhalten.«

Ein Lächeln breitete sich auf Sophias Gesicht aus. »Oh Kind, es gibt keinen Zauberspruch. Das ist ja das Schöne daran, du kannst dich der Wirkung nicht entziehen.«

»Und ob ich das kann.«

»Nein. Es ist ein ganz simpler Prozess. Eine Ranke mittleren Hexenkrautes um eine Schlüsselblume geschlungen auf das Vampirblut gegeben wird. Mehr braucht es nicht. Und dann wirst du eine von uns sein.«

»Nein, ich werde niemals eine von euch.«

Sophia zuckte leicht mit den Schultern. »Es gibt nichts, was du dagegen tun könntest. Außerdem: Es ist großartig! Dieser Machtschub, der nach der Verwandlung durch deine Adern fließt, ist berauschend. Glaube mir, Kind, er ist mit nichts zu vergleichen. Ich fühle mich lebendiger und mächtiger als in den ganzen sechzig Jahren meines Lebens. Niemand kann sich uns mehr in den Weg stellen. Ein neues Zeitalter bricht an. Das Zeitalter der Vampire. Wir werden über die Menschen herrschen. Also, warum machst du es dir unnötig schwer und zögerst das Unvermeidliche heraus?«

Das war nicht Sophia. Nicht mehr. Da stand nur noch ihre Hülle, die von einem machthungrigen Monster bewohnt wurde. Und sie hatten vor, dasselbe aus ihr zu machen. Sie durfte das nicht zulassen. Aber Sophia hatte recht, gegen Kräuter konnte sie nichts ausrichten. Zum ersten Mal hatte sie Angst vor ihrer eigenen Macht. Sollten die Hexen Erfolg haben, verwandelte sie sich in die gefährlichste Waffe auf Gottes Erdboden. Wer wollte sie dann noch aufhalten? Wer konnte es? Sie würde die Menschheit gnadenlos unterjochen.

Für einen Atemzug konnte Jowna die Zukunft glasklar vor sich sehen.

Erschreckend. Diese Zukunft durfte niemals eintreten.

»Ihr werdet kein Glück haben. Ich habe eine magische Sicherung bei mir eingebaut. Wenn ihr versucht, mich zu verwandeln, sterbe ich auf der Stelle.«

»Du lügst.«

Jowna verzog das Gesicht zu einem Grinsen. »Wenn du das sagst.«

Ein Wutschrei lenkte Jownas Aufmerksamkeit auf die Anführerin. Ihr bis dahin liebreizendes Antlitz war zu einer Fratze verzogen und in ihren Augen funkelte es gefährlich. »Brecht endlich diesen gottverdammten Schutzschild«, schrie sie.

Der Zug auf die unsichtbare Barriere verstärkte sich ein weiteres Mal. Jowna zitterte am ganzen Körper vor Anstrengung. Mehr als ein paar Sekunden konnte sie den Schild nicht weiter aufrechterhalten. Für sie und Dennis gab es keine Hoffnung mehr, sie waren totes Fleisch. Sie drehte den Kopf und ihre Blicke trafen sich. Für den Bruchteil einer Sekunde stand die Welt still. Er wusste es. Doch sie konnte keine Angst in seinen Augen lesen, nur Entschlossenheit. Er nickte ihr kaum merklich zu. Jowna gab den Widerstand auf. Sofort brach der Schutzschild in sich zusammen. Zeitgleich stürmten Dennis und sie nach vorne. Wie erwartet prallte der Angriff ergebnislos ab. Dann wurde es dunkel.

*

Das Erste, was Jowna wahrnahm, war Kälte. Sie umgab sie, steckte in der Kleidung und nagte an den Knochen. Arme und Beine waren vollkommen gefühllos, selbst das Hinterteil konnte sie nicht spüren, dafür den Kopf umso mehr. In ihm saßen mindestens ein Dutzend Kobolde und missbrauchten ihn als Bongo. Sie stöhnte und fasste nach dem Hinterkopf. Ein Zug um das Handgelenk, begleitet von Kettengerassel hinderte sie daran. Was …? Sie hob den Kopf und öffnete die Augen. Zuerst sah sie gar nichts, doch allmählich gewöhnte sie sich an die vorherrschenden Lichtverhältnisse. Sie saß auf nacktem Felsboden mit dem Rücken gegen eine Höhlenwand gelehnt, die Arme nach oben gestreckt. Schwere Eisenringe umschlossen ihre Handgelenke. Die Eisenringe wiederum hingen an dicken Eisenketten, die weit über ihrem Kopf in die Felswand gehauen waren. Mühsam rappelte sie sich auf, begleitet von dem unvermeidlichen Kettengerassel. Was hatte sie erwartet? Dass die Vampire sie töteten?

Wohl kaum. Nicht bevor sie sicher sein konnten, dass ihre Aussage nur ein Bluff war.

Lange würden sie sicherlich nicht brauchen, um hinter die Wahrheit zu kommen.

Nicht weit von ihr klirrten Ketten. Angestrengt schaute sie in die Richtung, konnte aber nur den Umriss eines Körpers ausmachen. Hoffnung durchfuhr sie. »Dennis, bist du es?«

Keine Antwort. Möglicherweise war er es überhaupt nicht. Wieso hätten sie ihn auch am Leben lassen sollen? Er war nur ein normaler Mensch. Also von keinerlei Nutzen. Obwohl … er eignete sich hervorragend als Druckmittel. Wenn das eigene Leben bedroht wurde, war es leichter standzuhalten, als wenn das Leben eines Freundes von den Antworten abhing, die man gab.

»Dennis?« Versuchte Jowna es noch einmal.

»Mmhh«, drang es zu ihr herüber.

Sie war sich noch immer nicht sicher, ob es sich tatsächlich um Dennis handelte, doch ein weiterer Versuch, es herauszufinden, konnte nicht schaden. »Dennis, wach auf!«

»Jo?«

Die Stimme klang brüchig, doch sie stammte eindeutig von Dennis. Ihr Herz schlug einen Salto. Wieder klirrten seine Ketten leise, als er sich bewegte.

»Himmeherrgodnoamoi-Kruzefixhalleluja-Sakrament-undzugenäht!« Dennis lautstarker Ausbruch wurde von heftigem Kettengerassel begleitet. »Diese verfluchten Kruzetiakn haben mich angeleint wie 'nen gottverdammten räudigen Köter.«

»Mich auch. Und gib dir keine Mühe. Du wirst die Ketten nicht sprengen, die sind für Vampire gemacht«, sagte sie.

»Was jetzt?«

»Jetzt versuche ich, die Schlösser zu knacken, damit wir hier wegkommen, bevor wir als Snack enden.«

»Die haben was anderes mit uns im Sinn.«

Jowna zog sich ein Haarklämmerchen aus dem Zopf. »Ich weiß. Und genau das ist der Grund, weswegen wir schleunigst machen sollten, dass wir wegkommen.« Während sie sprach, bog sie das Haarklämmerchen zurecht und führte es in das Schlüsselloch des linken Eisenrings.

»Wie willst du das anstellen? Etwa mit Magie?«

»Nein, mit Fingerfertigkeit.« Ein leises Klicken und die Fessel sprang auf. Na also, sie hatte es nicht verlernt. Jetzt noch die andere. Was sich als schwieriger erwies. Mit der linken Hand war sie eben nicht ganz so geschickt, wie mit der rechten. Doch endlich sprang auch dieser Eisenring auf. Sie lief zu Dennis. »Alles in Ordnung bei dir?«

»Kommt darauf an, wie du ›Alles in Ordnung‹ definierst. Mein Schädel dröhnt, aber ansonsten geht es mir gut.«

»Meiner auch«, antwortete sie und machte sich am ersten Eisenring zu schaffen. Nur wenig später sprang das Schloss mit einem Klicken auf.

»Talentiert. Will ich wissen, woher du das kannst?«

»In meiner Jugend hatte ich eine rebellische Phase. … So, lass uns verschwinden.«

»Nur zu gern.«

Dennis rieb sich über die Handgelenke, dann ging er zu der einzigen Lichtquelle, einer Fackel ein paar Meter von ihnen entfernt, und nahm sie aus der Wandhalterung. Viel Licht verbreitete sie nicht, aber zumindest mussten sie nicht in der Dunkelheit herumtapsen und nach dem Ausgang suchen. Sie waren ein paar Schritte gegangen, als eine Bewegung begleitet von einem leisen Klirren Jowna abrupt innehalten ließ. Dennis war ebenfalls stehen geblieben und leuchtete in die Richtung. Der Lichtkreis erreichte die Stelle nicht ganz, doch es langte, um die Umrisse einer Person aus den Schatten hervorzuheben. Nach Statur und Größe zu urteilen, handelte es sich um einen Mann. Er stand an der Wand, nein, genauer gesagt hing er an der Wand, nur gehalten von den Eisenketten um seine Handgelenke, die, nicht wie bei ihnen so tief angebracht waren, dass es ein Sitzen erlaubte, sondern lediglich ein Stehen gestattete. Sein Kinn lag auf seiner Brust und sein Gesicht wurde durch den Vorhang langer Haare verdeckt. Er schien nicht bei Bewusstsein zu sein. »Mac«, flüsterte Jowna und stürmte auf den Gefangenen zu.

»Jo, nicht!«

Dennis griff nach ihr, doch seine Finger streiften sie nur. Einen Schritt vor dem Mann blieb Jowna stehen und schob ihm mit beiden Händen die Haare aus dem Gesicht, dann hob sie seinen Kopf an. »Oh mein Gott, Mac.«

Direkt hinter ihr keuchte Dennis entsetzt auf. Connlans Gesicht war geschwollen. Ein hässlicher Schnitt verlief quer über seine komplette linke Gesichtshälfte und ein weiterer prangte auf der rechten Wange. Seine Lippe war an mehreren Stellen aufgeplatzt und seine Nase gebrochen. Er hatte etliche Platzwunden und der Rest seines Körpers war mindestens genauso misshandelt worden. Überall klebte getrocknetes Blut. Sein Blut.

»Mac?« Sie rüttelte an seinem Kopf. »Mac, kannst du mich hören?«

Ihr Blick verschwamm und im Hals bildete sich ein Knoten. Was hatten sie ihm angetan?

»Jo«, sagte Dennis leise. »Er kann dich nicht hören. Die Stichwunden im Bauchbereich waren tödlich.«

»Nein«, schluchzte sie.

»Er regeneriert sich wieder. Doch das dauert ein Weilchen. Hilf mir, ihn von den Fesseln zu befreien.«

Sie ließ Connlans Gesicht los und öffnete den ersten Eisenring, während Dennis seinen Freund festhielt. Als die zweite Fessel aufsprang, warf sich Dennis Connlan über die Schulter. Er schwankte kurz. Dennis war nicht fit genug, um lange mit einer solchen Last durchzuhalten. Hoffentlich schaffte er es wenigstens, bis sie aus dem Höhlensystem heraus waren, oder noch besser, bis sie sich ein gutes Stück davon entfernt hatten. Jowna verbannte den Gedanken. Es war wenig sinnvoll, sich bereits jetzt Sorgen zu machen.

Mit der Fackel in der Hand lief sie vorne weg. Irgendwann standen sie in der Höhle, die die Vampire als Lagerhalle benutzten. Sehr schön, sie befanden sich auf dem richtigen Weg. Der Ausgang lag nicht mehr weit von ihnen entfernt. Hinter ihr atmete Dennis immer schwerer. Er brauchte eine Pause, doch hier konnten sie nicht bleiben, es war viel zu gefährlich. Endlich kamen sie zum Ausgang. Sie mussten wohl eine ganze Weile ohne Bewusstsein gewesen sein, denn mittlerweile herrschte finstere Nacht. Der Schnee würde das Vorankommen für Dennis erschweren und obendrein hinterließen sie darin eine deutliche Spur.

Na ja, wenigstens beim Zweiten konnte sie Abhilfe schaffen. Es war ein relativ einfacher Zauber und schon verschwanden die tiefen Abdrücke wie von Geisterhand, als hätten sie nie existiert. Sie waren etwa hundert Meter durch die Schneemassen gestapft, als Dennis bedenklich schwankte. Jowna schlüpfte mit den Schultern unter seine Achsel und legte den Arm um seine Hüfte. Es war nicht viel, doch so konnte sie ihn zumindest ein wenig stützen und ihm beim Tragen seiner Last helfen.

Die Stunden verstrichen und die Morgendämmerung zog herauf. Dennis stützte sich immer schwerer auf ihre Schultern. Jowna war am Ende ihrer Kräfte angelangt und Dennis ging es bestimmt nicht besser. Einzig ihr Wille hielt sie noch aufrecht und ließ sie stur weiterlaufen. Sie kamen viel zu langsam voran. Was nicht gut war. Schon bald würden die Vampire ihre Flucht entdecken, falls sie es nicht schon hatten. Dennis stolperte und riss Jowna mit zu Boden. Sie rappelte sich wieder hoch und auch Dennis kam mühsam auf die Beine. Doch als er sich Connlan auf die Schulter lud, knickte Dennis erneut ein und ging auf die Knie.

»Wir brauchen eine Pause.«

»Können wir uns nicht leisten«, murmelte Dennis erschöpft.

»Du bist fertig und ich ebenfalls. Mac ist nicht gerade ein Fliegengewicht. Was meinst du, wann wird er wieder aufwachen?«

»Das könnte noch Tage dauern.«

»Was?!«

»Seine Verletzungen sind sehr schwer. Ohne Blut regeneriert er sich nur langsam.«

Shit, Connlan musste aufwachen, denn Dennis konnte ihn keine zwei Tage durch den Schnee tragen. Doch wo sollten sie jetzt Blut hernehmen? Ihre Chancen, von den Vampiren wieder eingefangen zu werden, stiegen minütlich.

»Wie viel wird er brauchen?«

»Schwer zu sagen. Aber wenig dürfte es nicht sein, um ganz der Alte zu werden.«

»Er muss nicht der Alte werden, nur aufwachen, damit er selbst laufen kann.«

»Da reicht eine geringere Menge.«

»Gut.«

Jowna zog den Ärmel hoch. Dennis blickte sie mit gerunzelter Stirn an. Sie ignorierte die Frage in seinen Augen und zog das Handgelenk über eine scharfkantige Stelle im Gestein und riss sich die Haut auf.

»Bist du verrückt? Was tust du da?«

»Dafür sorgen, dass Mac aufwacht.« Sie drückte die Wunde an Connlans Lippen. Ein Atemzug verging, gefolgt von weiteren, ohne dass Connlan sich regte. Vielleicht reichten die paar Tropfen nicht. Dabei hatte sie gehofft, wenigstens seinen Überlebensinstinkt damit zu wecken. Doch seine Verletzungen schienen weitaus größer als vermutet. »Jetzt komm schon, Mac, trink endlich«, flüsterte sie ihm zu.

Sie schaute auf und begegnete Dennis' besorgtem Blick. Ob er ihrer Aktion oder Connlans anhaltender Bewusstlosigkeit galt, wusste sie nicht zu sagen. Vermutlich beidem. Erschrocken keuchte sie auf, als brennender Schmerz ihren Arm hinaufjagte, der von Connlans Zähnen herrührte, die sich in ihr Handgelenk versenkten. Im ersten Impuls wollte sie den Arm wegziehen, doch Connlans Hände hielten ihn umklammert und verhinderten ein Entkommen. Dennis hechtete auf sie zu, ging auf die Knie und wollte Connlan packen, doch sie schüttelte den Kopf. »Nicht.«

Immerhin war es genau das, was sie gewollt hatte. Aber dass es so schmerzhaft sein würde, hatte sie dann doch nicht erwartet. In rasender Geschwindigkeit saugte Connlan ihr die Lebenskraft aus den Adern. Als der Boden unter ihr anfing zu schwanken, versuchte sie den Arm zurückzuziehen, doch Connlan hielt sie unnachgiebig wie in einem Schraubstock. »Mac, es ist genug. Du musst aufhören.«

Von Connlan kam keine Reaktion. Jowna wehrte sich energischer gegen seinen Griff und auch Dennis zerrte jetzt wieder an Connlans Schultern.

»Mac! Sakrament noch mal, hör endlich auf! Himmeherrgodnoamoi, Mac, du bringst Jo um!«

Von einer Sekunde auf die nächste war ihr Handgelenk frei und Connlan verschwunden. Sie hob den Kopf und entdeckte ihn ein paar Meter von ihnen entfernt. Blut lief an seinem Mundwinkel hinab und verlieh ihm zusammen mit dem verunstalteten Gesicht und den funkelnden Augen etwas Diabolisches.

»Bist du lebensmüde?«, schrie er sie an. Im nächsten Augenblick bohrte sich sein Blick in Dennis. »Wie konntest du das zulassen?« Mit einer schnellen Bewegung fuhr er sich durchs Haar, dann schaute er wieder zu ihr. »Ich hätte dich umbringen können, ist dir das klar? Wie kann man nur so idiotisch sein und einen ausgehungerten Vampir füttern?«

»Wir hatten doch überhaupt keine andere Wahl. Dennis hätte dich nicht die ganze Strecke tragen können.«

»Und ob ihr eine Wahl hattet. Ihr hättet mich dort lassen können.«

»Wer spinnt denn jetzt? Und überhaupt, wenn du nicht so ein verdammter Macho wärst, wären wir erst gar nicht in diese Situation geraten!«, keifte sie zurück.

»Leute.«

»Ich, ein Macho? Geht's noch? Wer musste sich denn wichtig tun und mitkommen? Hättest du auf mich gehört, hätte ich mit Dennis gehen können anstatt alleine. Aber nein, du musstest ja deinen Dickkopf durchsetzen.«

»Das ist ja wohl die Höhe.«

»Kreizsacklzementnoamoi, haltet endlich die Klappe, und zwar alle beide! Menschenskind man könnte meinen, wir sind im Kindergarten. Wir haben zurzeit weitaus ernstere Probleme. Wie wäre es, wenn ihr eure Energie darauf konzentriert?«

Jowna senkte den Kopf. Dennis hatte recht. Sie vergeudeten Zeit mit diesem sinnlosen Gezanke. Sie konnten ihre Meinungsverschiedenheit später klären, wenn sie heil daheim angekommen waren. »Tut mir leid, Dennis«, sagte sie zerknirscht.

Dennis nickte, dann wandte er sich an Connlan. »Wie fit bist du, Mac?«

»Nicht sonderlich. Aber es wird gehen.«

»Gut. Dann lasst uns endlich verschwinden.«

*

Connlan fiel es schwer, in dem tiefen Schnee voranzukommen. Sein Körper lief auf Sparflamme. Immer wieder schoben sich rote Nebelschwaden vor seine Augen. Wenn das geschah, dröhnten Jownas und Dennis Herzschläge lauter als ein Presslufthammer in seinen Ohren. Es machte ihn wahnsinnig. Hinzu kam, dass der liebliche Geschmack von Jownas Blut ihm noch immer auf der Zunge lag. Wie eine Kostprobe, die ihn dazu anhielt, sich das ganze Menü einzuverleiben. Lediglich seine über die Jahrhunderte andauernde Disziplin hielt ihn davon ab, über die beiden herzufallen, wie ein ausgehungertes Raubtier. Doch wie lange konnte er seinen Urinstinkt unterdrücken? Von Minute zu Minute rauschte das Blut, einer hypnotisierenden süßen Melodie gleich, verlockender durch die Adern seiner Freunde. Er war bisher nur einmal in solch einem erbarmungswürdigen Zustand gewesen und der war, genau wie dieser, von Marguerite verursacht worden. Damals hatte er jede Ratte, sogar jede Maus, die sich in seine Kerkerzelle verirrte, ausgesaugt, nur um die menschlichen Opfer, die man zeitweise zu ihm sperrte, zu verschonen. Es war ihm gelungen, wenn auch nur knapp. Doch hier gab es nichts. Und obendrein zerrten die Anstrengungen an seinen ohnehin geringen Kraftreserven.

Stunde um Stunde verstrich. Die Morgendämmerung war längst angebrochen und die Sonne kletterte an einem wolkenlosen Himmel immer höher und vertrieb die Eiseskälte der Nacht. Die Abstände zwischen den roten Nebelschleiern verringerten sich beängstigend schnell. Sobald der rote Nebel ganz von ihm Besitz ergriff, war ein logisches Denken unmöglich und sein Instinkt übernahm die Oberhand.

Er spürte den besorgten Blick von Dennis mehr, als dass er ihn sah. Liebend gern würde er ein paar beruhigende Worte sprechen, doch er war eine zunehmende Gefahr und das Letzte, was er wollte, war Dennis und Jowna in falsche Sicherheit wiegen.

»Du brauchst dringend Blut«, sagte Dennis leise.

Er ignorierte ihn. Klar brauchte er Blut, das wusste er selbst, doch hier gab es nirgends eine Quelle. Jedenfalls keine, die er gewillt war anzuzapfen.

Dennis Hand legte sich auf seinen Arm. »Mac.«

»Zum Teufel, was willst du von mir hören?«, fuhr er ihn an.

»Die Wahrheit.«

»Die kennst du.«

Jowna blieb stehen und drehte sich zu ihnen um. »Welche Wahrheit?«

»Dass Mac kurz davor steht, die Beherrschung zu verlieren.«

»Stimmt das?«

Connlan wich ihrem Blick aus. Er wollte den Ausdruck in ihren Augen nicht sehen, mit dem sie einen Vampir bedachte. Nicht, wenn er ihm galt.

»Ja«, antwortete Dennis an seiner Stelle. »Ich kann die Gier immer häufiger in seinen Augen aufblitzen sehen. Du musst etwas zu dir nehmen, Mac. In diesem Zustand bist du viel zu unberechenbar.«

»Hier gibt es aber nichts.«

»Selbstverständlich. Wir sind …«

»Kommt gar nicht infrage, Jo«, unterbrach er sie gereizt. »Ich werde kein zweites Mal von dir trinken.«

»Hat auch keiner behauptet«, sagte Dennis. »Von Jo zu trinken wäre unklug. Ihr Körper hat bereits genug damit zu tun, um den ersten Blutverlust auszugleichen. Aber ich bin noch da.«

»Hast du den Verstand verloren?«

»Nein, ganz im Gegenteil. Ich weiß, die Menge, die ich dir geben kann, wird bei Weitem nicht ausreichen, damit dein Körper vollständig regeneriert. Aber sie wird dir dabei helfen, die Beherrschung nicht zu verlieren. So eliminieren wir die Bedrohung, die du für uns im Moment darstellst. Denn du wirst trinken, früher oder später, doch ich würde es vorziehen, wenn du es tust, solange du noch den Willen besitzt aufzuhören.«

Dennis' Argumentation konnte er sich nicht verschließen. Er hatte mit keinem Wort ihre Freundschaft ins Feld geführt, sondern lediglich nackte Fakten genannt und die vernünftigste Lösung vorgeschlagen. Damit hatte er es ihm unmöglich gemacht, etwas dagegen zu setzen.

»In Ordnung«, gab er widerwillig nach. »Aber es wird wehtun.«

»Ich werde es überleben.«

Dennis zog den Ärmel der Jacke ein Stück nach oben und legte sein Handgelenk frei, dann streckte er ihm den Arm entgegen. Connlan atmete tief durch. Allein der Anblick der gut sichtbaren Adern unter der Haut reichte aus, seine Reißzähne auszufahren. Er hätte es nicht unterdrücken können, selbst wenn er es gewollt hätte. Mit den Händen umfasste er Dennis' Arm. Dabei schaute er seinem Freund in die Augen, gab ihm die Gelegenheit, einen Rückzieher zu machen. Dennis nickte kaum merklich, während er den Blick fest erwiderte. Connlan biss zu. Augenblicklich strömte der lebensspendende Saft in seinen Mund, rann die Kehle hinab und breitete sich wohltuend im Magen aus. Sein Körper jubilierte und er wollte mehr. Er brauchte mehr, viel mehr. Gierig saugte er. Langsam erwärmte sich sein Körper. In seine Muskeln kehrte ein wenig Stärke zurück. Er war zwar weit davon entfernt, Baumstämme auszureißen, doch fühlte er sich nicht mehr so matt wie nach einem mehrtägigen hohen Fieber.

Dennis schwankte. Abrupt ließ er den Arm los und flüchtete ein paar Schritte abseits. Hoffentlich hatte er Dennis nicht zu viel genommen. Jowna beugte sich über die Wunde und murmelte etwas, das er nicht verstehen konnte. Sie sah zufrieden aus, als sie den Ärmel nach unten zog. »Lasst uns weitergehen. Unsere Flucht dürfte mittlerweile entdeckt worden sein. Ich habe zwar eine falsche Fährte gelegt, doch ich habe keine Ahnung, wie lange meine List funktioniert.«

Die Antwort darauf erhielten sie am späten Nachmittag. Jowna spürte die Gefahr, noch bevor Connlan die Vampire hörte. Sie näherten sich in einem rasanten Tempo. Zwar waren es nur zwei Blutsauger, doch das spielte keine Rolle. Genauso gut hätten es zehn sein können. Weder Dennis noch Jowna noch er selbst waren in der Verfassung für einen Kampf. Jowna und Dennis waren völlig übermüdet und geschwächt, was nicht nur an der fehlenden Nahrung und den Anstrengungen lag, sondern auch am Blutverlust, den sie durch ihn erlitten hatten. Und was ihn selbst betraf, so war er vermutlich noch geschwächter als die beiden. Das bisschen Blut, das er zu sich genommen hatte, reichte gerade, um sich auf den Beinen zu halten und nicht in einen Blutrausch zu fallen. Sein Körper war nicht einmal zu dreißig Prozent regeneriert und befand sich schon wieder auf dem Weg des Abbaus. Die Wunden, die Marguerite ihm zugefügt hatte, waren schwer und er hatte dabei jede Menge des roten Lebenssafts verloren.

Der erste Vampir erreichte sie und ging auf Dennis los. Sein Freund hatte der Wucht des Schlages nichts entgegenzusetzen und ging zu Boden. Sofort war der Vampir über ihm. Nein! Connlan machte einen Satz nach vorn, packte den Angreifer am Kragen und zog ihn von Dennis runter. Der Blutsauger schnellte herum und rammte ihm die Faust in den Magen. Direkt auf die Wunde, welche Marguerite ihm mit dem Holzpflock zugefügt hatte. Er krümmte sich vor Schmerz. Gleich würde ein weiterer Hieb folgen.

Doch der erwartete Schlag blieb aus. Connlan hob den Blick.

Der Mistkerl presste beide Hände an die Schläfen, das Gesicht war zu einer Maske des Schmerzes verzerrt. Langsam ging er in die Knie, dabei stieß er ein Wimmern aus.

Hinter Connlan erklangen weitere Schmerzlaute.

Er drehte sich um und erblickte den zweiten Vampir. Er bot dasselbe Bild, wie der andere Dreckskerl.

»Ich kann sie nicht mehr lange so in Schach halten«, keuchte Jowna.

Dennis brach dem einen kurzerhand das Genick. Der Vampir sackte in sich zusammen. »Hat jemand einen Pflock dabei, damit ich ihn endgültig vernichten kann?«

Jowna nickte und griff in die Jackeninnentasche.

»Warte«, sagte Connlan und ging zu dem anderen Blutsauger, um ihm ebenfalls das Genick zu brechen.

»Warum?«, wollte Dennis wissen.

»Ihr Blut«, antwortete Jowna.

Connlan nickte. »Es ist zwar nicht so nahrhaft wie frisches menschliches Blut, aber wenn ihre letzte Mahlzeit nicht allzu lange zurückliegt, wird es mir ein wenig helfen.« Er streckte den Arm nach Jowna aus. »Gib mir den Pflock. Ich erledige das, wenn ich fertig bin. Am besten ihr geht schon mal voraus, ich komme gleich nach.«

»Natürlich.«

Jowna legte das Holzstück auf Connlans Handfläche. Er schloss die Finger und ließ den Arm sinken, dann wartete er, bis die beiden sich ein paar Schritte entfernt hatten. Connlan ging neben dem ersten Vampir auf ein Knie. Widerwillig blickte er auf die Kreatur herab, dann packte er ihn an der Jacke und zog seinen Oberkörper zu sich heran. Nachdem er den letzten Tropfen aus dem Kerl gesaugt hatte, ließ er ihn fallen, griff nach dem Pflock und stieß ihn dem Vampir ins Herz. Zurück blieb nur ein leicht gräulicher Schimmer auf dem blütenweißen Schnee. Er wandte sich dem nächsten Vampir zu. Keine fünf Minuten später erhob sich Connlan und klopfte sich den Schnee von der Hose. Er fühlte sich schon wesentlich kräftiger. Zur vollständigen Regeneration reichte es zwar nicht, doch viel fehlte nicht mehr. Er hatte Glück gehabt. Das Blut in den Organismen der beiden Vampire war noch recht unverbraucht gewesen. Nach einem kleinen Kurzsprint holte er Jowna und Dennis ein.

»Es scheint dir wieder besser zu gehen«, stellte Jowna fest.

»Ja. Und jetzt legt euren Arm um meine Schultern. Ich werde euch ein wenig unterstützen.«

»Bist du dafür schon fit genug?« Zweifelnd blickte Dennis ihn an.

»Sonst würde ich es nicht sagen.«

Noch ein wenig zögerlich kamen sie dicht an ihn heran und legten ihm einen Arm um die Schultern. Connlan schlang seinen rechten Arm um Jownas Taille und seinen linken um Dennis Hüfte, dann hob er sie ein Stück an und lief los. Er rannte nicht in Vampirgeschwindigkeit, aus Angst seine Kräfte würden sich zu schnell aufbrauchen, sondern nur so schnell wie ein Mensch, aber immerhin kamen sie schneller voran als in den letzten Stunden.

Endlich erreichten sie die Autos. Connlan ließ die beiden beim Mustang ab. Dennis griff in die Hosentasche und holte den Schlüssel hervor, dann steckte er ihn ins Türschloss, dabei schwankte er, als hätte er ein wenig zu tief ins Glas geschaut.

»Ich fahre«, sagte Connlan und nahm Dennis die Schlüssel aus der Hand.

»Und was ist mit deinem Wagen?«, nuschelte Dennis.

Connlan zuckte die Schultern. »Ich schick einen Abschleppdienst her. Und jetzt macht, dass ihr einsteigt, damit wir nach Hause kommen.«

*

Jowna schlug die Augen auf und blinzelte. Wo war sie? Sie befand sich nicht mehr in Dennis' Wagen, sondern lag in einem Bett. Wie zur Hölle war sie dahin gekommen? Hastig richtete sie sich auf. Die Welt um sie herum schwankte. Jowna atmete tief ein, während sie sich mit den Händen auf der Matratze abstützte. Allmählich beruhigte sich das Schwanken und kurz darauf verschwand es ganz. Sie ließ ihren Blick umherschweifen, doch sie konnte nicht viel erkennen, da alles in dunkle Schatten gehüllt war. Die einzige Lichtquelle war ein Nachtlicht, das die Umgebung mehr schlecht als recht preisgab. Es roch nach Sommer, Sonne und wilder Blumenwiese. Genau wie Mias Lieblingsweichspüler.

Jowna schlug die Bettdecke zurück und stand auf. Vorsichtig ging sie zur Tür, die, im Gegensatz zum Rest, deutlich neben dem Licht zu erkennen war. Sie griff nach der Klinke und drückte sie sachte nach unten, dann zog sie die Tür einen Spalt weit auf und lugte hinaus. Ein Seufzer der Erleichterung entrang sich ihrer Kehle, als sie die Tapete und die Bilder an der Wand erblickte und sich ihre Vermutung bestätigte. Sie riss die Tür ganz auf und trat in den Flur hinaus, dann wandte sie sich nach links und ging zum Wohn-Esszimmer. Das leise Klappern von Metall auf Porzellan drang an ihr Ohr und der Duft von Karotteneintopf stieg ihr in die Nase, was ihren Magen zu einem laut vernehmlichen Knurren veranlasste.

»Ah, da ist noch jemand aus dem Dornröschenschlaf erwacht«, sagte Rachel, während sie sich zur Tür umdrehte und ihr lächelnd entgegenschaute.

Dornröschenschlaf.

Klang alles andere als gut. »Wie lange habe ich geschlafen?«

»Etwas mehr als vierzehn Stunden«, antwortete Mia.

»Was? Shit, warum habt ihr mich nicht geweckt?«

»Weil du den Schlaf brauchtest und jetzt setz dich, Kind und iss. Du musst halb verhungert sein.« Rachel legte ein zweites Gedeck auf.

Jowna setzte sich zu Dennis an den Esstisch. Der Eintopf roch mehr als köstlich und hielt, was er versprach, wie sie nach dem ersten Löffel zufrieden feststellte.

»Wie lange bist du schon auf?«, fragte sie Dennis zwischen zwei Bissen.

»Ungefähr 'ne halbe Stunde«, antwortete er kauend, hob den Teller hoch und streckte ihn Rachel entgegen, »Kann ich noch was von dem leckeren Eintopf bekommen?«

»Sicher.«

»Und wo ist Mac?«, wollte Jowna wissen, da sie ihn nirgends im Zimmer entdecken konnte.

»Den haben wir ins Bett gesteckt.« Mia kicherte.

Sie verstand nicht, was daran so lustig war. Scheinbar sah Mia ihr die Verwirrung an, denn sie setzte noch hinzu: »Nachdem wir einen Schlafzauber auf ihn gelegt hatten.«

Jowna schaute erst Mia, dann Rachel und zuletzt Olga an. Prost Mahlzeit. Das dürfte ein interessantes Erwachen geben. Connlan würde höchstwahrscheinlich vor Wut schäumen. Wenn die drei mit einem Zauber nachhelfen mussten, damit Connlan schlief, dann war es wohl nicht sein Wunsch gewesen, sich auszuruhen. So wie sie ihn mittlerweile kannte, hatte er hundertprozentig den Beschützer raushängen lassen und sich geweigert, seinem Körper die wohlverdiente Erholung zu geben, die er so dringend benötigte. Er war nun einmal ein verdammter Sturkopf.

Nachdem Jowna noch zweimal einen Nachschlag genommen hatte, setzte sie sich zusammen mit Dennis zu den anderen auf die Couch und erzählte ihnen, was sich zugetragen hatte. Als Dennis und sie mit der Erzählung geendet hatten, blickten sich Rachel, Mia und Olga besorgt an. Rachel wischte sich verstohlen eine Träne von der Wange. Der Teil mit Sophia hatte sie besonders stark mitgenommen, denn Sophia war ihre beste Freundin. Die beiden kannten sich schon aus Schulzeiten und waren in dieselbe Klasse gegangen.

»Nicht gut, gar nicht gut«, murmelte Olga.

Nein, das war es nicht. Der Ausflug war im Großen und Ganzen ein Reinfall gewesen. Gut, sie hatten herausgefunden, wie die Hybriden erschaffen wurden. Eine Information von großer Bedeutung. Doch das war auch schon alles. Dass die Vampire von einer Frau, einer regelrechten Venusfalle angeführt wurden, war mehr eine Nebensächlichkeit und nicht von Belang. Was noch? Die Vampirhexen besaßen eine Macht, der sie nicht gewachsen war. Ha! Das hatte sie im Vorfeld bereits gewusst. Also, nichts Neues. Gab es sonst noch etwas? Nein. Das hieß, doch, eine Sache gab es noch. Eigentlich wusste sie es von Anfang an. Aber wirklich bewusst war ihr es erst in der Höhle geworden. Unter gar keinen Umständen durfte sie den Vampiren ein zweites Mal in die Hände fallen. Sie war gefährlich. Viel zu gefährlich. Eine Waffe, die niemals in die falschen Hände gelangen durfte. Sie musste mit Rachel, Mia und Olga reden. Ein Zauber musste her. Und zwar ein unumkehrbarer Zauber, einer, der verhinderte, dass sie je gewandelt werden konnte. Am besten einer, der sie auf der Stelle tötete, sollte es ein Vampir versuchen.

Kaum hatte sie ihre Bitte ausgesprochen, redeten alle wild durcheinander auf sie ein.

*

Stimmengewirr drang an Connlans Ohr. Er brummte und zog die Decke über den Kopf. Im nächsten Moment warf er sie zurück und setzte sich auf. Verdammt noch mal! Wie war er in dieses Bett gekommen? Er wusste noch genau, dass er es abgelehnt hatte, sich hinzulegen. Mia hatte darauf bestanden, doch er hatte ihr gesagt, es ginge ihm gut, er bräuchte keinen Schlaf. Sie hatte genickt und ihm einen Kaffee angeboten, den er angenommen hatte. Was danach geschehen war, verschwamm zu einem undeutlichen Brei. Er wusste nur noch, dass er schlagartig hundemüde geworden war und sich kaum noch auf den Beinen hatte halten können. Diese hinterlistigen Hexen. Vermutlich war es ihr Werk. Sie mussten ihm etwas in den Kaffee gemischt haben. Nein, das hätte er herausgeschmeckt. Höchstwahrscheinlich war der Kaffee mit einem Zauber belegt gewesen. Verdammt! Er hatte nicht mehr hier sein wollen, wenn Jowna aufwachte. Doch jetzt war er es dank dieser miesen kleinen Intrigantinnen. Leise verließ er das Zimmer. Vielleicht konnte er sich ja hinausschleichen. Was angesichts von Jownas Fähigkeit, ihn zu spüren, schwer werden würde. Er hatte beinahe die Haustür erreicht, als er, wie sollte es auch anders sein, ihre Stimme hörte.

»Mac, wo willst du hin?«

Seufzend drehte er sich um. Jowna stand im Türrahmen und schaute ihn aus ihren grünen Augen anklagend an. Verlangen durchflutete ihn. Alles in ihm sehnte sich danach, zu ihr zu gehen und sie in die Arme zu schließen. Sie zu küssen, bis sie sich weich und warm an ihn schmiegte.

Doch das durfte er nicht.

Er brauchte Abstand, dringend.

»Weg.«

»Was heißt weg?«

»Das geht dich einen gottverdammten Scheiß an.«

Jowna zuckte unter seinem barschen Tonfall zusammen. Vielleicht hätte er nicht ganz so grob antworten sollen. Doch der Augenblick verflog und Jowna funkelte ihn wütend an.

»Geht's noch? Der Herr ist wohl mit dem falschen Fuß aufgestanden.«

»Nein, ganz bestimmt nicht. Ich will dich nur nicht in meiner Nähe wissen, das ist alles.«

»Du willst … oh!«

Jowna ballte die Hände und stemmte sie in die Taille. Eine leichte Röte überzog ihre Wangen und ihre Augen schienen Blitze zu schleudern. Sie sah in ihrer Wut atemberaubend aus. Er musste sich stark zusammenreißen, um sie nicht doch in die Arme zu ziehen und zu küssen.

»Mann-o-Mann! Anstatt dankbar zu sein, dass Dennis und ich dich aus den Klauen dieser Venusfalle befreit haben, bist du in deiner Eitelkeit verletzt. Du bist ein solcher Macho. Weißt du das?«

»Ich bin kein Macho. Doch ich wäre lieber weitere zehn Jahre Marguerites Gefangener, als eine weitere Sekunde mit dir in einem Raum«, brüllte er sie an.

Jowna schnappte nach Luft. Ihre Augen füllten sich mit Tränen. Oh gottverflucht, es hatte nicht in seiner Absicht gelegen, sie zu verletzen. Er wollte, dass sie wütend auf ihn war. »Jo …«, setzte er an.

Sie ließ die Arme sinken, drehte sich wortlos um und ging zurück ins Wohnzimmer. Connlan fuhr sich mit einer schnellen Geste über die Stirn. So ein Dreck. Es war überhaupt nicht so gelaufen, wie er es wollte. Aber das Endergebnis war immerhin dasselbe. In Zukunft würde Jowna sich von ihm fernhalten. Und womöglich war es sogar endgültiger, als wenn sie nur wütend auf ihn wäre. Allein das zählte. Er drehte sich um und ging Richtung Haustür.

Eine Hand legte sich auf seine Schulter, drehte ihn herum und schon landete eine Faust mitten in seinem Gesicht. Schmerz explodierte und er griff sich an die Nase.

»Ich hätte nie gedacht, dass du ein solches Arschloch sein kannst, Connlan MacLeod«, fuhr Dennis ihn an.

Connlan tastete vorsichtig über seine Nase. Sie blutete. Höchstwahrscheinlich war sie sogar wieder gebrochen. Mit dem Handrücken wischte er das Blut fort, dann blickte er Dennis in die Augen. »So kann man sich täuschen.«

Bevor Dennis etwas erwidern oder ihm einen weiteren Hieb auf die Nase geben konnte verschwand er.

*

»Fräulein Jowna, der Brief wurde soeben für sie mit dem Vermerk, es sei wichtig, abgegeben.«

Thomas reichte ihr einen gelbbräunlichen Umschlag.

»Danke, Thomas.«

Ein ungutes Gefühl beschlich Jowna, kaum dass sich ihre Finger um das Papier schlossen. Unschlüssig starrte sie den Umschlag eine Weile an. Schließlich gab sie sich einen Ruck und öffnete ihn. Zum Vorschein kamen Kathrins Aufzeichnungen über ihre Ahnenforschung. Wieso schickte Kathrin ihr die Unterlagen? Das ergab keinen Sinn. Jowna überflog die Seiten. Beim letzten Namen blieb sie hängen. Sie musste ihn ein zweites Mal lesen. Doch die Buchstaben änderten sich nicht, blieben in derselben Reihenfolge und bildeten den Namen Isobel Michaels, geborene MacLeod. Am Rand daneben ein handschriftlicher Vermerk: Halbschwester von Connlan MacLeod.

Kathrin war eine Nachfahrin von Connlan? Unvorstellbar. Jowna senkte den Arm. Ein zusammengefalteter Zettel segelte zu Boden. Sie bückte sich danach und klappte ihn auf. Mit roter Farbe, deren Intensität stark variierte, stand in derselben altmodisch verschnörkelter Handschrift wie der Vermerk geschrieben:

> Hallo Hexe,
> wenn du deine Freundin lebend wiedersehen willst,
> dann komm morgen Nachmittag zum alten
> Nowek Anwesen. Und bring MacLeod mit.
> Marguerite

Nein! Hitze und Kälte strömten zeitgleich durch Jowna hindurch. Sie zitterte und der Boden schwankte. Sie hatte Schwierigkeiten, Luft in die Lungen zu pumpen, ihre Kehle war wie zugeschnürt. Sie sprang auf die Füße. Mit einer Hand griff sie sich an den Kopf und krallte sie ins Haar. Sie ließ den Arm mit dem Zettel sinken, die Finger öffneten sich und das Blatt segelte zu Boden.

Mit den Händen stützte sich Jowna auf der Fensterbank ab und lehnte die Stirn gegen die Scheibe. Das Glas kühlte die erhitzte Haut angenehm. Kat. Was sollte sie tun? Wenn sie nicht zum Nowek Anwesen ging, starb Kathrin. Ging sie, lieferte sie sich Marguerite aus. Eine Option war so mies wie die andere. Sie stieß sich ab und nahm eine Wanderung im Zimmer auf. Das Wohl der Menschheit gegen das Wohl einer einzelnen Person. Eigentlich müsste die Entscheidung glasklar sein, doch so einfach war es nicht. Wenn sie doch nur mehr Macht besäße. Die Chancen, dass sie einmal den sechsten Rang meisterte, standen gut, hatte Rachel gemeint. Tja, in ein paar Jahren. Aber was nützte ihr das jetzt? Nichts. Sie brauchte den Machtschub innerhalb der nächsten vierundzwanzig Stunden. Ironischerweise bekäme sie ihn, sobald sie Marguerite in die Finger fiel. Leider hieß es aber auch, sie würde die Seiten wechseln. Warum mussten Vampire aber auch seelenlose Monster sein? Wenn es doch bloß eine Möglichkeit gäbe, ihre Seele zu behalten. Aber es gab keine.

Ach nein?, höhnte eine spöttische Stimme. *Und was ist mit Mac?*

Connlan war eine Ausnahme.

Meinst du? Natürlich war er das. Nur dem Zufall und dem weichen Herz ihrer Vorfahrin verdankte er, dass er seine Seele besaß. Aber diese Tatsache half ihr bei ihrem Problem nicht weiter.

Heuchlerin!

Jowna Fitzpatrick jetzt gehst du aber zu weit!

Sie war keine Heuchlerin. Sie analysierte alle Möglichkeiten objektiv und unvoreingenommen und das seit Tagen, seit sie aus dem Versteck der Vampire zurückgekehrt war.

Ach wirklich? Hör auf! *Ist die Wahrheit nicht eher die, dass du diese Möglichkeit nie wirklich in Betracht ziehen würdest, weil du nicht zu dem werden willst, was du am meisten hasst?*

Jowna sank auf die Couch.

Und ist es nicht auch der eigentliche Grund, warum du vor dir selbst nicht zugeben kannst, Mac zu lieben?

Verdammt noch mal, sei still!

Sie presste die Hände an die Schläfen.

Hör auf, dir etwas vorzumachen.

Jowna sprang auf. Im Flur streifte sie die Jacke über, schnappte sich den Autoschlüssel und stürmte zur Tür hinaus.

*

Nach einer kurzen Fahrt stellte sie den Motor ab und stieg aus. Kurz streifte ihr Blick über die hellgelbe Fassade, bevor sie den gepflasterten Weg zur Tür entlanglief.

»Hallo, Jo.«

»Hi, Onkel Li. Ich brauche deinen Rat.«

Li ging einen Schritt zur Seite und ließ sie eintreten. »Wo drückt der Schuh?«, fragte er, nachdem sie im Wohnzimmer Platz genommen hatten.

»Wo fange ich da an?« Sie verknotete die Finger ineinander, löste sie wieder, nur um sie erneut zu verknoten. »Erinnerst du dich an den Mann, von dem ich dir erzählt habe?«

Li lächelte. »Sicher. Du warst der Meinung, bei deiner Reaktion auf ihn handelte es sich um etwas Übernatürliches und ich sagte, sie sei völlig normal.«

Jowna nickte. »Ja, genau. Zum Teil hattest du recht. Zwischen uns herrscht wirklich eine stark ausgeprägte Anziehungskraft. Wir hatten sogar eine Affäre. Allerdings lag ich mit meinem Gefühl nicht ganz daneben. Auch wenn ich es nicht erkannt habe. Er ist ein Vampir.«

Li sog scharf die Luft ein. Jowna hob die Hand und schnitt ihm im Vorfeld das Wort ab. »Mac ist anders, er besitzt eine Seele.«

Li runzelte die Stirn. »Und jetzt fragst du dich, ob es in Ordnung ist, so jemanden zu lieben?«

»Wer hat was von Liebe gesagt?«

»Liebst du ihn etwa nicht?«

»Ich …«

Lis linke Augenbraue wanderte in die Höhe und er blickte sie aus seinen braunen Augen wissend an.

Jowna senkte den Kopf. »Wie kann ich das? Er ist ein gottverdammter Blutsauger und ich hasse sie. Sie haben Mama getötet, auch wenn jeder denkt, sie sei bei einem Autounfall ums Leben gekommen.«

»Hast du nicht selbst gesagt, er ist anders?«

»Ja, aber …«

»Kein aber, Jo. Entweder er ist anders oder er ist es nicht. Da ist kein Platz für ein aber. Und er hat Meiling nicht getötet.«

Das stimmte. Connlan hatte sich nichts zuschulden kommen lassen und sie konnte ihm nicht vorwerfen, ein Vampir zu sein, er hatte es sich nicht ausgesucht. Und trotzdem. Sie konnte es nicht zugeben, wollte es nicht zugeben. »Es geht hier überhaupt nicht um die Frage, ob ich ihn liebe oder nicht.«

»Nein? Warum erzählst du mir dann von ihm?«

»Weil …« Jowna atmete tief durch, dann teilte sie Li ihre Gedanken mit.

»Tut mir leid, Jo. Diese Entscheidung obliegt ganz alleine dir. Es ist deine Zukunft, dein Leben. Ich werde dir weder zu- noch abraten, aber ich werde hinter dir stehen, egal welche Alternative du wählst. Obwohl ich denke, du hast dich schon längst entschieden.«

*

Kalter Wind blies durch die Straßen und fuhr Connlan am Kragen unter die Jacke. Er schlug ihn hoch und verwehrte dem Wind den Zugang. Seit einer Stunde lief er ziellos durch die Gegend. Zuhause hatte er es nicht mehr ausgehalten. Dennis schlief seit vier Nächten bei Kathrin. Er kam lediglich zum Duschen und Umziehen heim. Am Abend ihrer Auseinandersetzung hatte Dennis versucht, mit ihm zu reden. Er war nicht unbedingt freundlich in seiner Wortwahl gewesen, um Dennis begreiflich zu machen, dass er sich unter gar keinen Umständen bei Jowna entschuldigen würde. Woraufhin Dennis kein Wort mehr mit ihm sprach. Natürlich schmerzte es, sehr sogar, doch es war besser so. Immerhin, ein Trost blieb ihm; Dennis würde auf Jowna achten. Er selbst war mal wieder nicht in der Lage, seinen Schwur zu erfüllen, den er Brenda gegenüber abgelegt hatte, denn er wollte sich so wenig wie möglich in ihrer Nähe aufhalten. Er spielte sogar mit dem Gedanken die Stadt beziehungsweise sogar das Land zu verlassen, nur um genügend Abstand zwischen sich und Jowna zu bringen.

Als die Dämmerung einsetzte und das Licht der Dunkelheit wich, lenkte er seine Schritte nach Hause. Im Hausflur verharrte er. Ein Hauch Vanille und Pfirsich lag in der Luft.

Jowna. Sie war hier. Was jetzt? Wieder gehen oder sich ins Zimmer zurückziehen? Besser wäre wohl, wenn er ginge.

Doch er hatte zu lange gezögert. Jowna erschien im Türrahmen zum Wohnzimmer, Dennis dicht hinter ihr. Sein Herz machte einen Satz und über seine Haut jagte ein Kribbeln, konzentrierte sich in der Magengegend. Nur zwei Schritte, mehr bräuchte er nicht, um die Distanz zu überbrücken. Um sie in die Arme zu ziehen und sie zu küssen. Mit jeder Faser seines Seins sehnte er sich nach ihr, doch er musste sich von ihr fernhalten, durfte der Sehnsucht nicht nachgeben. »Was willst du hier?« Seine Stimme klang barscher als beabsichtigt.

Sie zuckte leicht zusammen. »Marguerite hat Kat. Sie will, dass wir beide morgen zum Nowek Anwesen kommen. Es ist mir egal, ob du mich in deiner Nähe wissen willst oder nicht, du wirst mich begleiten und wenn ich dich an den Haaren mitschleifen muss.« Ihre Augen funkelten herausfordernd. »Oh, und falls du einen Anreiz brauchst. Kat entstammt deiner Familie. Vielleicht bedeutet dir das ja etwas und eventuell sogar genug, damit du von alleine mitkommst.«

Er schluckte. »Was?«

»Du hast mich schon verstanden. Kat ist eine direkte Nachfahrin deiner Halbschwester Isobel.«

Eiseskälte erfasste Connlan und ihm wurde der Boden unter den Füßen fortgezogen. Er klammerte sich an die Garderobe. Nein, oh Gott, nein. Kathrin durfte alles sein, alles, nur nicht Isobels Nachkomme. »Bist du dir hundertprozentig sicher?« Seine Stimme war nicht mehr als ein Flüstern.

Jowna nickte. »Was Recherchen betrifft, ist Kat unschlagbar. Ich habe die Unterlagen hier, wenn du sie sehen möchtest?«

Er schüttelte den Kopf. Es war nicht nötig. Er glaubte es auch so. »Jo, du darfst nicht in meiner Nähe sein.« Flehend blickte er ihr in die Augen.

»Fängst du schon wieder damit an? Verdammt, Mac, es geht um Kats Leben, da wirst du doch einen einzigen beschissenen Tag mit mir zusammenarbeiten können.«

Er fuhr sich mit den Fingern durchs Haar. »Du verstehst nicht.«

»Nein, tue ich nicht. Erklär's mir.«

Connlan schob sich an Jowna vorbei und setzte sich aufs Sofa. Er stützte die Ellbogen auf die Oberschenkel und barg das Gesicht in den Händen. Vielleicht war es wirklich besser, ihr die Wahrheit zu sagen. Ruckartig hob er den Kopf. »Mir wurde geweissagt, ich würde den Schattenkrieger töten und damit die Blutlinie auslöschen.«

Jowna tauschte einen schnellen Blick mit Dennis, bevor sie langsam zum Sessel ging und darauf Platz nahm.

»Weissagungen sind nicht unbedingt verlässlich, Mac«, sagte Dennis.

»Diese schon. Bisher ist alles eingetroffen, was die Zigeunerin mir prophezeit hat.«

»Na schön, nehmen wir mal an, es stimmt. Wer weiß schon, wann es passiert. Du hast Jo doch schon mehrfach das Leben gerettet. Ihr wart zusammen auf der Jagd und Jo ist nichts passiert. Himmel, Mac, selbst als du ihr Blut getrunken hast und da warst du alles andere als zurechnungsfähig, hast du sie nicht umgebracht. Also …«

Wieder schüttelte Connlan den Kopf. »Laut Weissagung töte ich den Schattenkrieger innerhalb von vierundzwanzig Stunden, ab dem Zeitpunkt, an dem ich erfahre, wer Isobels Nachfahre ist. Und deswegen bitte ich dich noch einmal, Jo, geh und halte dich von mir fern.«

»Nein.«

»Verdammt noch mal!«, brach es aus ihm heraus. Warum musste Jowna nur so stur sein. Sie stand auf und trat direkt vor ihn, sank auf die Knie und legte ihre Hände auf seine Oberschenkel. Hitze drang durch den Stoff der Jeans, wo sie ihn berührte, und versenkte seine Haut. Ihr Blick suchte den seinen. Zögernd hob er die Hand und berührte sanft ihre Wange. »Ich will nicht für deinen Tod verantwortlich sein.«

Ihre Finger legten sich auf seine. »Ich weiß, du würdest mir nie etwas tun, Mac.«

»Jo …«

Sie drückte einen Finger gegen seine Lippen, hinderte ihn am Weitersprechen. »Aber was, wenn ich dich darum bitte, würdest du es tun?«

Er riss die Augen auf. »Dich töten?«

»Nun, so ähnlich. Ich möchte, dass du mich verwandelst.«

»Was?!« Er schnellte in die Höhe. Jowna schwankte, fing sich aber, bevor sie das Gleichgewicht endgültig verlor, und kam ebenfalls auf die Beine.

Hatte sie den Verstand verloren? Wie kam sie auf so einen irrsinnigen Gedanken? »Hast du eine Ahnung, was du da von dir gibst?«

»Natürlich. Oder glaubst du, ich würde eine solche Bitte leichtfertig aussprechen? Ganz sicher nicht. Ich habe mir das gut überlegt. Wir haben mit unseren jetzigen Ressourcen keine Chance gegen die Vampirhexen. Ich will Marguerite vorgreifen. Wenn ich schon zum Vampir werde, dann will ich es zu meinen Bedingungen.«

»Ich kann nicht.« Abrupt drehte er um und floh aus dem Zimmer.

*

Das war ja super gelaufen. Sie hatte gewusst, es würde nicht einfach werden, Connlan zu überzeugen. Allerdings hatte sie nicht damit gerechnet, dass er einfach davon stürmen würde, sondern eher mit einem Wutausbruch. Sie fuhr sich mit der Hand über die Stirn. Scheiße, verdammte! Die Zeit lief davon. Immerhin brauchte die Verwandlung zum Vampir ein paar Stunden.

»Wir finden eine andere Lösung, Jo.« Dennis legte eine Hand auf ihre Schulter und drückte sie leicht. Zuversicht lag in seiner Stimme, doch in seinen Augen konnte sie Angst lesen. Nicht offensichtlich, nein, dafür hatte Dennis sich zu gut im Griff. Doch sie lauerte unter der Oberfläche, tief verborgen, aber sie konnte sie sehen, da dieselbe Angst auch in ihr schlummerte. Sie schenkte ihm ein gequältes Lächeln.

»Ja.«

Jowna hatte keinen Blick für die Schönheit der jungfräulich wirkenden Landschaft, die sich im weißen Gewand der Unschuld präsentierte. Deren Glitzern im Sonnenlicht wie magisch anmutete. Alles, was sie sah, war eine schwere Decke, die sämtliches Leben erstickte. Unter deren Last sich selbst dicke Äste tief nach unten bogen und zu brechen drohten. Ein

Leichentuch, dessen eisiger Atem alles gefror. Das Leben nicht duldete. Sie lenkte den Blick ins Innere des Autos, da die vorbeifliegende Landschaft sie deprimierte. Wie gern würde sie noch einmal erleben, wenn die Sonne an Kraft gewann, um den Griff der Eisfinger endlich aufzubrechen. Wenn ihr wärmender Kuss das erste zarte Grün hervorlockte. Wenn sie alles in eine feurige Umarmung zog und das Leben in leuchtenden Farben und intensiven Düften explodierte.

Jowna wandte den Kopf. Dennis saß am Steuer, die Finger um das Lenkrad gekrampft, als wolle er es erwürgen. Seine Miene schien in Stein gemeißelt, nur seine Augen sprühten vor unterdrücktem Zorn. »Halt dich an den Plan, ja?«

Er gab ein Brummen von sich, das sie weder als Zustimmung noch als Ablehnung deuten konnte.

»Dennis.«

»Himmel, Arsch und Zwirn! Du hast doch bereits mein Wort, was willst du noch, Jo?«

»Nicht das Gefühl, ich müsste an deinem Wort zweifeln.«

»Tut mir leid, mir gefällt dein Plan nicht und ich bin nicht gewillt, meine Ansicht darüber zu verleugnen. Aber keine Sorge, ich halte mich daran.«

»Gut.« Sie lenkte den Blick auf ihre im Schoß verschränkten Finger. Der Plan gefiel ihr selbst nicht. Doch auf die Schnelle war kein anderer ausführbar. Sogar Rachel, Mia und Olga hatten das letztendlich eingesehen. Connlan war nicht wieder aufgetaucht und so hatten sie nach Alternativen suchen müssen. Leider gab es davon nicht viele. Um genau zu sein, war ihr nur eine eingefallen. Vorsichtig tastete sie in der Jackentasche nach der kleinen Flasche. Sie befand sich noch an Ort und Stelle. Wo hätte sie auch sonst sein sollen? Jowna fröstelte. Ihre Finger waren so kalt, als hätte sie sie stundenlang ins Gefrierfach gehalten. Dennis bog auf den schmalen Weg ein und schon bald kam das Nowek Anwesen in Sicht. Sie schluckte. Von den Vampiren war nichts zu sehen, doch das musste nichts heißen. Höchstwahrscheinlich warteten sie im Haus.

Dennis stoppte den Wagen direkt vor der Veranda. »Bist du dir hundertprozentig sicher, dass du das durchziehen willst?«

»Nein, aber ich habe keine andere Wahl, und wenn alles glatt läuft, rettet es wenigstens Kat das Leben.«

Dennis atmete geräuschvoll ein und nickte. »Na, dann los.«

Sie stiegen aus und noch bevor sie die Tür zugeworfen hatten, standen die Vampire auf der Veranda. Jowna suchte ihre Reihen nach Kathrin ab. Sie befand sich etwas abseits, flankiert von zwei Blutsaugern, die wie Rausschmeißer zwielichtiger Etablissements aussahen. Ihre Pranken waren um Kathrins Oberarme gespannt und schränkten ihre Bewegungsfreiheit ein. Ansonsten schien es Kathrin gut zu gehen. Jedenfalls konnte sie keine Blessuren oder Wunden entdecken. Lediglich blass sah Kathrin aus und dunkle Ringe zeichneten sich unter ihren Augen ab.

»Wo ist Connlan?«, fragte Marguerite in trügerisch sanftem Tonfall.

»Woher soll ich das wissen. Ich bin nicht sein Babysitter.«

»Hast du ihm die Nachricht nicht zukommen lassen?«

»Doch. Schien ihn aber nicht sonderlich zu interessieren.«

»Äußerst bedauerlich. Und verändert natürlich die Verhandlungsbedingungen.«

Dieses Miststück. Genervt strich Jowna sich eine Haarsträhne aus dem Gesicht und klemmte sie hinters Ohr, damit der Wind sie ihr nicht ständig in die Augen pusten konnte. »Du lässt Kat gehen. Ende der Verhandlung.«

Marguerites glockenhelles Lachen erfüllte die Luft. »Du bist nicht in der Position, um Bedingungen zu stellen.«

»Ich denke doch.«

»So, denkst du? Und was bietest du mir im Gegenzug an?«

»Sobald Kat mit Dennis im Wagen sitzt und die beiden unversehrt losgefahren sind, schließe ich mich euch kampflos an.«

Ein gieriges Glitzern trat in Marguerites Augen.

»Sie lügt.«

Jowna fuhr herum. Connlan hielt direkt auf sie zu und blieb neben ihr stehen.

»Nein, tue ich nicht.«

»Und ob.« Er wandte sich an Marguerite. »Sie spricht nicht die Wahrheit.«

»Beweis es.« In Marguerites Stimme schwang eine Spur Härte mit.

Connlan langte in Jownas Tasche. Sie griff nach seiner Hand, doch er war schneller und zog das Fläschchen hervor.

Nein!

Mit Daumen und Zeigefinger hielt er es gut sichtbar in die Höhe. »Gift.«

Scheiße! Woher wusste er davon?

»Sie hatte vor sich umzubringen, sobald Kat in Sicherheit wäre.«

Dieser gottverdammte Bastard! Dieser miese, hinterhältige Verräter! Sie hätte ihm einen Pflock ins Herz jagen sollen. Wie konnte er nur?

Marguerite stieß einen zornigen Schrei aus. »Richard, töte die Geisel.«

»Warte!« Connlan trat zwei Schritte vor, den Arm ausgestreckt, als könnte er den Vampir aufhalten. Marguerite hob eine Hand. Sofort ließ der Blutsauger von Kathrin ab.

»Bitte, Marguerite ich bin dein ergebener Diener und um dir dies zu beweisen, werde ich Jo eigenhändig verwandeln. Doch ich bitte dich um einen Gefallen. Lass Kat gehen, sie gehört zu meiner Familie.«

»Was für ein Sinneswandel und das alles wegen eines Verwandten.« Über das Gesicht der Vampirin huschte ein Lächeln. Ihr Blick glitt zu Kathrin hinüber, dann deutete sie mit dem Kopf Richtung Dennis. »Geh«, sagte sie, »bevor ich es mir anders überlege.«

Kathrin rannte los, flüchtete in Dennis' Arme. Erleichtert atmete Jowna auf. Dennis zögerte, schien nicht zu wissen, ob er sich an die Absprache halten sollte. Jowna nickte ihm zu, formte mit den Lippen ein »geh«. Dennis öffnete die Wagentür und schob Kathrin auf den Beifahrersitz.

»Nein«, schrie Kathrin. »Jo, wir müssen Jo helfen.«

»Schon gut, Kat. Du musst mit Dennis gehen. Hörst du?«

Über Kathrins Wangen liefen Tränen, doch sie wehrte sich nicht mehr, sondern glitt auf den Sitz und ließ geschehen, dass Dennis die Tür schloss. Mit schnellen Schritten umrundete er die Motorhaube und setzte sich hinter das Steuer. Der Motor startete und das Auto verschwand zwischen den Bäumen.

Gut, wenigstens das hatte von ihrem ursprünglichen Plan geklappt. Jetzt musste sie nur noch an eine Waffe kommen, damit sie auch den zweiten Teil des Plans in die Tat umsetzten konnte.

Langsam stieg Marguerite die zwei Stufen der Veranda hinab. »Und jetzt Connlan, halte dein Versprechen«, sagte sie und reichte ihm eine mit Hexenkraut umwickelte Schlüsselblume.

Er nahm die Pflanzen entgegen und wandte sich zu Jowna um.

»Je weniger du dich wehrst desto schneller wird es vorbei sein.«

»Das hättest du wohl gern. Ich werde dich vernichten, du miese, verlogene Ratte.« Jowna griff mental nach Connlan, wollte ihn fortschleudern, doch nichts geschah. *Shit.* Diese verfluchten Vampirhexen hatten ein Schutzschild um ihn gelegt. Ohne Eile trat Connlan einen Schritt vor. Jowna wich einen zurück. Ihre Augen scannten hektisch die Umgebung, doch sie konnte nichts entdecken, was sie als Waffe gegen sich selbst verwenden konnte.

Denk nach, Jo, denk nach.

Es musste doch etwas geben, das sie benutzen konnte.

Connlan schnellte nach vorne, schlang seine Arme um ihren Oberkörper. »Tut mir leid, Jo«, flüsterte er, während seine Reißzähne ausfuhren.

»Dreckskerl«, zischte Jowna.

Connlan biss zu. Stechender Schmerz gefolgt von Feuer schoss durch Jownas rechte Halshälfte. Im Hintergrund hörte sie Marguerites erfreutes Lachen. Sie fühlte sich verraten. Eine Träne löste sich aus Jownas Augenwinkel, rann die Wange hinab. Dämmerung legte sich über ihren Geist.

Connlan stopfte ihr die Pflanzen in den Mund. Sie wollte sie ausspucken, doch sie war viel zu schwach, um auch nur einen Muskel zu bewegen. Schließlich wurde es ganz schwarz.

*

Sie fror. Sprungfedern drückten schmerzhaft in den Rücken und obendrein quälten Modergeruch und Staub die Nase. Jowna atmete tief ein, dabei verschluckte sie sich und musste würgen. Sie rollte sich auf die Seite und spuckte Hexenkraut und Schlüsselblume aus. Scheiße, wie kam das in ihren Mund? Wieso fühlten sich ihre Muskeln an, als hätte sie ein schweres Fieber hinter sich? Und erst ihr Hals. Er brannte wie Feuer und fühlte sich an wie sandgestrahlt. Und warum konnte sie überhaupt erkennen, was sie da in der Hand hielt? Es war viel zu dämmerig. Eigentlich dürfte sie nur ein paar schemenhafte Umrisse sehen. Doch das Gegenteil war der Fall. Alles wirkte wie durch eine Lupe mit Licht versehen betrachtet. Gestochen scharf und sehr detailreich. Es war verwirrend und faszinierend zugleich. Jowna erhob sich, sackte jedoch wieder aufs Bett. Ihre Muskeln besaßen kaum Kraft.

»Du bist aufgewacht.« Im Türrahmen stand Sophia und schenkte ihr ein Lächeln. »Du hast bestimmt Hunger. Ich habe dir etwas mitgebracht.«

Sophia trat in den Raum, dabei riss sie die Ecke eines Beutels ab, den sie in der Hand hielt. Augenblicklich verdrängte der Geruch von Blut alle anderen Gerüche im Raum. Reißender Schmerz explodierte in Jownas Kiefer, als ein paar zusätzliche Eckzähne einschossen. Sie schnappte hörbar nach Luft, dabei biss sie sich auf die Zunge. »Au, verdammt!«

»Ja, ich weiß, das Einschießen der Reißzähne ist schmerzhaft. Doch du gewöhnst dich schnell daran.«

Jowna tastete mit den Fingern über die dolchartigen Zähne. Sophia über ihren Irrtum aufzuklären, war Zeitverschwendung. Außerdem, sie war ein Vampir! Wie zum Geier war das passiert? Mac. Die Erinnerung spülte wie eine Flutwelle über sie hinweg und drückte schwer auf ihren Brustkorb. Er hatte sie verraten. Ein Stich durchfuhr ihr Herz. Wie konnte Connlan ihr das antun? Aber nicht nur sie hatte er verraten, sondern die ganze Menschheit. All das, nur um Kathrin zu retten? Nein, wäre es nur um Kathrin gegangen, hätte er sich ihrem Plan anschließen können. Doch er wählte

Marguerites Seite. Oder hatte er schon immer dort gestanden und es war einfach ein raffinierter Plan gewesen, um sie zu täuschen und einzulullen, damit sie unvorsichtig wurde?

»Hier, trink.«

Sophia reichte ihr den Beutel. Angewidert und verlangend zu gleich betrachtete Jowna die rote Flüssigkeit. Hunger regte sich und sie hob den Beutel erst zögernd, dann hastig an die Lippen. Mit jedem Schluck, den sie trank, kehrten die Lebensgeister wieder. Mollige Wärme breitete sich in ihrem Körper aus. Sie leerte den Beutel bis auf den letzten Tropfen. Welche Wohltat. Jetzt ging es ihr besser.

»Spürst du es?«, fragte Sophia mit einem unheilvollen Glitzern in den Augen.

»Was meinst du? Die Wärme und Kraft?«

»Die Macht. Spürst du, wie sie durch deine Nervenbahnen vibriert? Dich zu etwas Göttlichem macht. Wie sie dich in Erregung versetzt?«

»Oh, das meinst du. Ja, ich kann sie fühlen.«

»Ich wette, du kannst es gar nicht abwarten, deine Zähne endlich, in eine Kehle zu schlagen. Ich weiß noch, wie es bei mir war, ich brannte vor Ungeduld.« Sophia legte beide Hände übereinander aufs Dekolleté und richtete den Blick in die Ferne.

»Ähm, ja, doch, ja klar. Ich kann es echt kaum erwarten.«

Sophia lenkte ihren Blick auf sie und nickte. »Ich sag dir, es ist rauschhaft. Die pure Ekstase.« Sophia beugte sich näher zu ihr. »Besser als Sex.« Sie kicherte und zwinkerte ihr zu. »Ganz anders als dieses kalte Blut aus dem Plastikbeutel. Es gibt nichts Besseres, als wenn der noch warme Lebenssaft in deinen Mund strömt, deine Kehle hinabrinnt, gewürzt durch die Angst deines Opfers. Der absolute Höhepunkt schließlich ist zu hören, wie der Herzschlag deines Opfers immer langsamer pocht, um dann endgültig zum Erliegen zu kommen. In diesem Moment fühlst du dich lebendiger als jemals zuvor in deinem Leben.«

Abscheu regte sich in Jowna, als sie in Sophias ekstatisch verzogenes Gesicht blickte. Wie konnte man sich am Tod eines Menschen dermaßen aufgeilen? Das war widerlich. Sophias Augenbrauen zogen sich in die Höhe und sie schaute fragend auf sie hinab.

»Wow, das klingt echt … mir fehlen die Worte. Ich kann es ehrlich kaum erwarten, diese Erfahrung zu machen.«

Sofort erhellte ein Lächeln Sophias Antlitz. »Bald, Kind, bald. Ich werde dich höchstpersönlich mit zur nächsten Jagd nehmen. Ein Weilchen musst du dich aber noch gedulden. Und jetzt komm, Marguerite will dich sehen.«

Musste das unbedingt sofort sein? Jowna verspürte nicht die geringste Lust, diesem Miststück gegenüberzutreten. Dennoch stand sie auf und folgte Sophia ins untere Stockwerk. Was blieb ihr auch anderes übrig?

»Gebieterin, hier ist unser neuester Zuwachs«, sagte Sophia und zog sich zurück.

Marguerite musterte Jowna eingehend. Ihr Gesicht war absolut emotionslos und wirkte wie eine zum Leben erwachte Skulptur. »Deine Wandlung ging erstaunlich schnell vonstatten. Ich hatte erst in ein paar Stunden mit dir gerechnet.«

Jowna zwang die Mundwinkel nach oben zu einem Lächeln. In dem Moment trat Connlan neben Marguerite und das mühsam erzwungene Lächeln fiel in sich zusammen. Unwillkürlich ballte sie die Hände und fixierte ihn.

Du verdammter, hinterfotziger Verräter. Ich werde dich in Stücke reißen.

»Sophia wird sich um dich kümmern und dich in unsere Welt einweisen. Und Jowna?«

Jowna löste sich von Connlans Anblick und schaute Marguerite an.

»Keine Alleingänge. Hast du verstanden?«

»Ja – Gebieterin.«

Bei der Anrede nickte Marguerite ihr wohlwollend zu. Ihr kurzes Zögern schien sie, Gott sei Dank, nicht bemerkt zu haben. Sophia trat wieder neben sie und forderte sie mit einer Geste auf, ihr zu folgen. Bevor Jowna sich abwandte, warf sie Connlan einen letzten Blick zu. In seinem Gesicht zeigte sich keine Regung, doch in seinen Augen sah sie etwas aufblitzen, das sie nicht deuten konnte.

*

Die Frauen gingen ans andere Ende des Raumes zu einem Sofa, dessen geblümter Stoff farblos und an einigen Stellen bereits so abgewetzt war, dass der Schaumstoff durchschimmerte. Als sie sich darauf niederließen, stieg eine Staubwolke empor. Connlan konnte seinen Blick nicht von Jowna abwenden. Ihre Augen waren so voller Hass gewesen. Keine Frage, er hatte es verdient. Er brauchte nur an ihren ungläubigen Gesichtsausdruck denken und an ihren rasenden Herzschlag, als er seine Zähne in ihre Halsschlagader versenkt hatte. Ihr Blut war mit Adrenalin durchsetzt gewesen, aber frei von Angst, wodurch es neben der Süße eine kräftige, hocharomatische Note erhalten hatte. Wie ein edler Eiswein. Der Effekt war berauschend gewesen und er hatte sich zunehmend trunken gefühlt. Und dann hatte ihr Herz aufgehört zu schlagen. In seinem Magen hatte sich etwas zusammengekrümmt und Übelkeit war die Speiseröhre hinaufgekrochen und hatte einen sauren Geschmack im Mund verbreitet. Zum ersten Mal in seinem Dasein hatte er einem Menschen das Leben aus den Adern gesaugt und ihn auf diese Weise getötet. Aber nicht irgendeinen. Nein. Ausgerechnet der Frau, die er liebte, hatte er das angetan. Das Jowna wieder erwacht war, spendete ihm keinen Trost, denn sie war nicht mehr dieselbe. Wie sehr sie sich letztendlich verändert hatte, hing davon ab, wie gut sie damit zurechtkam, von nun an ein Vampir zu sein. Und natürlich, ob bei der Verwandlung alles nach Plan gelaufen war. Trotzdem schmerzte ihr Hass. Mehr als er zugeben wollte.

Er spürte Marguerites Blick. Ohne Hast wandte er ihr das Gesicht zu und schaute ihr in die Augen.

»Du empfindest etwas für die Kleine.«

Er öffnete den Mund, um zu widersprechen, schloss ihn aber wieder.

»Klug von dir, es nicht zu leugnen.« Marguerite lehnte sich ihm ein Stück entgegen. »Sie ist tabu für dich.« Besitzergreifend langte sie nach der Knopfleiste seines Hemdes. Dicht zog sie ihn zu sich heran, in ihren Augen ein herausforderndes Leuchten. »Küss mich.«

Ohne Zögern schlang er einen Arm um ihre Taille, neigte den Kopf und berührte mit den Lippen die ihren. Seine Zunge stieß in ihre Mundhöhle und lieferte sich ein Duell mit ihrer Zunge. Marguerites Hände schoben sich unter sein Hemd und wanderten am Hosenbund entlang nach vorne, um dann über seine Bauchmuskeln nach oben zu gleiten. Er gab ein Stöhnen von sich. Nicht laut oder übertrieben. Eher wohldosiert. Marguerite löste sich aus dem Kuss und blickte ihn an. In ihren Augen brannte das Feuer der Leidenschaft und ihre Stimme hörte sich heiser an, als sie ihm ins Ohr flüsterte: »Vielversprechend. Und jetzt will ich es hören.«

Ihm wurde schlecht und er musste sich zwingen, das Wort auszusprechen. Viel lieber würde er jetzt seine Hände um ihren Hals legen und zudrücken. Er riss sich zusammen. »Bitte«, sagte er und der Nachhall des Wortes verursachte einen bitteren Geschmack in seinem Mund.

Ein triumphierendes Lächeln umspielte Marguerites Lippen. »Habe ich dir nicht versprochen, dass du mich anbetteln wirst?«

Er schluckte seinen Stolz hinunter. »Ja, und ich werde es noch ein zweites und auch noch ein drittes Mal tun, wenn du es wünschst.«

Sie lachte ihr glockenhelles Lachen. »Oh ja, das tue ich. Aber nicht jetzt. Später.«

»Stets zu Diensten.« Er verschluckte sich beinahe an den Worten.

Marguerite strich mit dem Nagel des Zeigefingers über die Stoppeln auf seinem Kinn. Ein kratzendes Geräusch ertönte. »Und ob du mir zu Diensten sein wirst, und zwar in jedweder Hinsicht.« Sie drehte sich um und winkte ihre beiden Gorillas herbei, die etwas abseits standen, dann verschwand sie mit ihnen aus dem Raum.

Connlan sandte ihr einen hasserfüllten Blick nach. Musste Marguerite ihn unbedingt vor Jownas Augen küssen? Ihm war ihr verletzter Gesichtsausdruck keineswegs entgangen.

Wahrscheinlich war es genau das, was Marguerite damit bezwecken wollte. Er hätte sich natürlich weigern können. Doch dann hätte Marguerite ihm womöglich keinen Glauben mehr geschenkt und sein Überlaufen angezweifelt. Und deswegen war eine Weigerung ausgeschlossen gewesen.

Wenn die Zeit reif dafür war, würde er Jowna seine Handlungsweise erklären und darauf vertrauen, dass sie ihn verstand.

*

Jownas Handballen schmerzten. Es dauerte eine Weile, bis sie realisierte, dass es ihre Nägel waren, die sich ins Fleisch bohrten und den Schmerz verursachten. Sofort lockerte sie die zur Faust geballten Finger. Wie konnte er nur? Ein wenig mehr Rücksicht hätte er durchaus an den Tag legen können. Er hatte dieses Miststück ja förmlich gefressen. Und Marguerite erst. Diese Schlampe war so was von schamlos. Hätte nicht viel gefehlt und sie hätte es mit ihm an Ort und Stelle getrieben, ungeachtet der Zuschauer. Oder hatte er gewollt, dass sie es sah. Gott, sie wusste nicht, wem sie lieber die Augen auskratzen würde. Diesem Miststück oder Connlan. Connlan, definitiv Connlan. Er war es gewesen, der ihr Gefühle vorgegaukelt hatte. Er war es, der sie dazu gebracht hatte, über die Tatsache, was er war, hinwegzusehen und sich ihr Vertrauen erschlichen hatte. Sie wäre sogar in die Hölle für ihn gegangen. Er hatte geschafft, was noch keinem Mann zuvor gelungen war. Er hatte ihr Herz gestohlen. Doch jetzt lag es zerbrochen auf dem Boden und er trampelte darauf herum. Kalte Wut rauschte durch ihre Venen. Er würde bezahlen. Für alles, was er ihr angetan hatte. Ihr Blick suchte den Raum nach ihm ab, doch er war nicht mehr da. »Entschuldige«, sagte sie an Sophia gewandt und erhob sich. »Ich möchte gerne ein wenig allein sein und die neuen Eindrücke verarbeiten.«

»Sicher, Kind.«

Mit schnellen Schritten verließ Jowna das Zimmer. Kurz darauf stand sie auf der Veranda und atmete tief die kalte Luft ein. In ihren Augen sammelten sich Tränen, die eine feuchtwarme Spur auf den Wangen hinterließen. Sie wollte auf etwas einschlagen. Vorzugsweise auf Connlan. Doch da er gerade nicht zur Verfügung stand, nahm sie stattdessen den Pfosten vor ihr. Das Holz splitterte und brach an der

Stelle entzwei, wo ihre Faust darauf traf. Ein Krachen zerriss die Stille der Nacht. Das Verandadach sank ein Stück nach unten und bog sich bedrohlich durch, blieb aber oben, gehalten durch die anderen Stützpfeiler. Sekundenlang starrte sie auf den zertrümmerten Balken. Dann rannte sie los. Rannte, als wäre der Teufel hinter ihr her. Sie hielt erst an, als sie vor ihrem Haus stand. Sehnsüchtig glitt ihr Blick an der lavendelfarbenen Fassade hinauf ins erste Stockwerk. Paps Fenster war wie immer gekippt. Er schlief nie mit geschlossenem Fenster, egal zu welcher Jahreszeit. Ihr Zimmer lag auf der gegenüberliegenden Seite und sie wünschte, sie könnte es betreten, sich ins Bett legen, die Decke über den Kopf ziehen und all die Geschehnisse als Albtraum abtun. Doch sie würde nie wieder in ihrem Bett schlafen. Nie wieder mit Paps frühstücken oder sich mit ihm zanken. Nie wieder Thomas' schlürfenden Schritt hören oder Matildas leckeres Essen genießen oder ihre gegenseitigen Sticheleien mitbekommen. Jowna musste bei dem Gedanken lächeln. Die beiden waren nun seit sechsundfünfzig Jahren verheiratet und noch immer konnte man die Liebe in ihren Augen füreinander sehen. Die beiden waren stets mehr als nur Bedienstete gewesen. Sie gehörten zur Familie. Thomas Großvater war dereinst als Butler eingestellt worden. Nach dessen Tod hatte Thomas Vater die Stelle übernommen und nach ihm dann Thomas. Thomas hatte Paps im Grunde sogar großgezogen, da Großvater nie Zeit für seinen Sohn gehabt hatte. Und das alles war nun für immer für sie verloren. Abrupt drehte sie auf dem Absatz um und ließ ihr Zuhause, dass nicht mehr länger ihres war, hinter sich.

Als Nächstes blieb sie vor Rachel und Mias Haus stehen. Ein weiteres Heim und Menschen, die sie verloren hatte. Sie schluckte die Tränen hinunter und sandte einen stummen

Abschiedsgruß an ihre Ersatzgroßmütter, dann lief sie los. Ihr nächstes Ziel war Lis Haus. Nur wenige Schritte vor dem Eingang kam sie zum Stehen und zuckte zusammen, als sich eine Gestalt aus den Schatten der Eingangstür löste. »Jo?«

»Onkel Li. Was machst du so spät noch auf?«

Mit einer müde wirkenden Geste strich sich Li über die Augen. »Ich war auf Patrouille. Bin eben erst zurückgekommen.«

Scheiße noch eins, waren sie nicht übereingekommen, dass er das unterlassen sollte? »Wieso setzt du dich einer solchen Gefahr aus?«

»Weil du verhindert warst.«

Super. Jetzt übernahm er ihre Pflichten. Das ging gar nicht. Onkel Li war zu alt für so etwas. Wie leicht konnte ein Vampir ihn besiegen? Naja, vielleicht nicht unbedingt ein einzelner, aber wenn er auf zwei stieß, was dann? Als Jäger war er immerhin bereits im Ruhestand. Sicherlich, hin und wieder hatte er sie begleitet, doch alleine war er seit über sechs Jahren nicht mehr auf der Jagd gewesen.

Plötzlich frischte der Wind auf und wehte den Geruch nach frischem Blut zu ihr herüber. Augenblicklich durchzuckte reißender Schmerz den Kiefer und ein roter Schleier legte sich über ihren Blick. Jowna schoss nach vorn.

*

Connlan lugte um die Ecke. Niemand zu sehen. Gut. Vorsichtig setzte er einen Fuß auf die Treppe und warf einen Blick zurück über die Schulter. Mittlerweile wusste er, wo er hintreten musste, damit die Bretter der Stufen nicht knarrten. Oben angekommen bog er nach links und schlich an den beiden Zimmern vorbei, in denen die Vampirhexen schliefen. Der nächste Raum war nicht sonderlich groß und bot lediglich Platz für zwei Vampire. Connlan legte ein Ohr an die Tür und lauschte. Leises Schnarchen drang durch das Holz. Millimeter für Millimeter drückte er die Klinke nach unten und öffnete die Tür nur soweit, dass er hindurchschlüpfen konnte. Nach wenigen Schritten stand er vor einem der beiden Nachtlager. Er beugte sich hinunter und rammte dem schlafenden Vampir einen Pflock ins Herz. Genau in dem Moment ertönte ein Krachen von draußen und der zweite Vampir fuhr aus dem Schlaf hoch. Connlan schnellte herum und stieß zu. Noch ehe ein Laut aus der Kehle des Blutsaugers dringen konnte, zerfiel er zu Asche. Verdammt! Das war knapp. Wenn der Kerl schneller geschaltet hätte und es zu einem Kampf gekommen wäre, dann wäre er aufgeflogen. Und alles nur, weil draußen irgendwer einen ohrenbetäubenden Lärm veranstalten musste. Türen flogen auf und Füße rannten über Dielenbretter. Er wartete noch ein paar Sekunden, bis die Schritte auf der Treppe verklungen waren, dann huschte er zur Tür hinaus und machte sich ebenfalls auf den Weg nach unten.

Vor dem Eingang hatte sich eine Traube gebildet und er konnte Marguerites zornige Stimme hören, die Sophia zusammenstauchte. Das bedeutete nichts Gutes. Jo. Wo war sie? Er stellte sich auf die Zehenspitzen und suchte nach ihrer Silhouette, konnte sie aber nirgends entdecken.

»Connlan!« Marguerites Stimme peitschte über die Köpfe der Anwesenden hinweg.

»Ja, Gebieterin.«

Sofort teilte sich die Menge und bildete eine Gasse, sodass niemand mehr zwischen ihnen stand und die Sicht aufeinander versperrte.

»Dein Glück, das du hier bist«, fauchte Marguerite.

»Wo sollte ich sonst sein?«

»Bei dieser Hexe.«

Eine riesige Faust zerquetschte seinen Brustkorb, während eine andere seinen Magen umdrehte. Was sollte das heißen? War Jowna etwa weg?

Marguerites nächste Worte bestätigten seine Befürchtung.

»Sucht die kleine Hexe und bringt sie gefälligst zurück!«

Binnen eines Wimpernschlages war die Veranda, bis auf Marguerite, ihre beiden Gorillas und Betty, leer gefegt.

Connlan war im Begriff einen Fuß auf die erste Stufe zu setzen, als Marguerite ihn mit den Worten »Wo willst du hin?« aufhielt. Er drehte sich um und blickte sie unschuldig, so hoffte er jedenfalls, an. »Na, Jowna suchen. So lautete doch dein Befehl.«

»Du nicht. Du bleibst hier.«

In letzter Sekunde hielt er sich davon ab, die Hände zu ballen. Stattdessen zuckte er mit den Schultern, um Gleichgültigkeit vorzutäuschen. »Wie du möchtest.«

Er folgte Marguerite ins Haus, dabei streifte sein Blick den zerstörten Stützpfeiler. Das also war die Ursache für den Radau gewesen. Jownas Temperament schien mal wieder mit ihr durchgegangen zu sein.

Und er konnte sich auch schon denken, worüber sie so verärgert gewesen war. Der Kuss. Es war wohl besser, wenn er auf Abstand ging, wenn sie sich das nächste Mal begegneten. Er seufzte lautlos.

So einfach, wie er sich das vorgestellt hatte, würde es dann wohl doch nicht werden. Er konnte sich glücklich schätzen, wenn Jowna ihm überhaupt die Chance gab, alles zu erklären. Doch er war nicht mehr davon überzeugt, dass sie Verständnis dafür aufbrachte, geschweige denn, ihm verzieh. Irgendwie lief alles aus dem Ruder. Es war ihm ja nicht einmal gelungen, festzustellen, ob der Zauber gewirkt hatte oder nicht. Dabei hing so viel davon ab.

*

Oh mein Gott! Was tat sie da? Jowna machte einen Satz rückwärts und schlug sich eine Hand vor den Mund. Beinahe hätte sie Onkel Li gebissen. Ihre Zähne hatten seine Haut bereits angekratzt. »Es tut mir leid, Onkel Li«, schluchzte sie. »Ich wollte dich nicht angreifen. Der Blutgeruch hat mich überrumpelt. Das war unverzeihlich von mir.«

Hastig wandte sie sich ab und jagte davon, bevor der Blutdurst noch einmal über sie hereinbrechen konnte und sie Onkel Li ernsthaft verletzte. Sie musste sich von Menschen fernhalten und ganz besonders von den Menschen, die sie liebte. Erst als sie aus Uckersheim heraus war, hielt sie an und lehnte sich matt gegen den Stamm eines Baumes. Sie war ein Monster. Soviel stand fest. Ihren eigenen Onkel. Nicht irgendeinen Menschen, nein, ausgerechnet ihren Onkel musste sie als allerersten anfallen. Zum Glück hatte sie sich im letzten Augenblick zügeln können, doch wenn sie es nicht gekonnt hätte? Onkel Li wäre jetzt tot. Ausgesaugt. Gott, sie war durch und durch schlecht, sie war …

Moment. Wieso war er überhaupt noch am Leben? Und warum zerfleischte sie sich bei dem Gedanken daran, ihn angegriffen zu haben? Zum Teufel! Selbst ihre Reaktion auf Sophias ekstatische Beschreibung nach ihrem Erwachen war nicht richtig gewesen. Hätte ihr nicht eigentlich das Wasser im Mund zusammenlaufen müssen, anstatt dsas sich ihr der Magen umdrehte und sie angewidert gewesen war? Klar, sie begehrte Blut, aber die bloße Vorstellung, einen Menschen deswegen zu töten, ließ Übelkeit in ihr aufsteigen. Und ja, sie spürte auch die Magie in ihren Nervenbahnen vibrieren. Sie war stärker als je zuvor, aber dennoch überkam sie nicht das Verlangen, andere zu beherrschen. Scheiße, selbst ihre Moralvorstellungen waren noch immer dieselben wie vor der Wandlung. Sie konnte Recht von Unrecht unterscheiden, doch Vampire taten das nicht. Sie nahmen sich, was sie wollten ohne Rücksicht. Denn sie besaßen keine Seele und somit kein Gewissen. Also wieso quälte sie ihres?

Connlan. Er war so erpicht darauf gewesen, sie selbst zu verwandeln. Dabei wusste sie doch, wie schrecklich er die Vorstellung fand, einen Menschen zu beißen, geschweige denn ihn auch noch auf diese Weise zu töten. Was hatte er getan? Sie versuchte sich den Moment so genau wie möglich ins Gedächtnis zurückzurufen. Als Erstes hatte er in ihre Tasche gegriffen und das Giftfläschchen hervorgeholt. Dann hatte er sie gebissen und als sie zu schwach war, um sich zu wehren, die Pflanzen in den Mund gesteckt und ihr sein Blut hineingeträufelt. Da war nichts Ungewöhnliches, nichts was darauf schließen ließ, dass sie weiterhin eine Seele besaß. Aber sie fühlte sich nicht seelenlos. Also, was hatte sie übersehen? Ihre Tasche. Was, wenn er nicht nur die Flasche herausgenommen hatte? Sie griff hinein und tatsächlich, ihre Finger erfühlten etwas Flaches. Sie zog es heraus. Ein Schörl. Connlan hatte sie nicht verraten. Im Gegenteil.

Sie musste zurück. Sofort.

Sie konnte sich nicht bewegen. Wieso war es ihr nicht möglich, sich zu rühren? Was zum Geier …?

Hinter ihr erklangen Schritte. Jowna wollte herumfahren. Aber ihre Muskeln gehorchten nicht. Dann musste sie sich eben mit Magie verteidigen. Doch sie erhielt keinen Zugang. Etwas blockierte sie.

Hände packten ihren Kopf und drehten ihn ruckartig zur Seite. Schwärze, als hätte jemand den Lichtschalter umgelegt, umfing sie.

Warum konnte sie nichts sehen? Und wieso spürte sie ihren Körper nicht? Ein schwaches Pulsieren erregte ihre Aufmerksamkeit und Jowna konzentrierte sich darauf. Das Leuchten wurde stärker und nahm Gestalt an und sie konnte deutlich ein paar irisierende Pfade erkennen. Immer mehr bildeten sich feine Verästelungen und Schnörkel aus. Neue Stränge verknüpften sich mit alten, bis ein Muster aus stabilen und fragilen Linien und Kringeln entstand. Dazwischen waberten zartblaue Wirbel, mal stärker, mal schwächer. Dieses wunderschöne Gebilde füllte ihr ganzes Sein, dehnte sich immer weiter aus, sprengte die Grenzen ihres beengten Geistes, verband sich mit den Molekülen der Umgebung und ließ sie eins werden mit allem. Plötzlich konnte sie die Luft greifen. Wirklich und wahrhaftig greifen. Nicht körperlich, da sie diesen noch immer nicht spüren konnte, aber geistig. Sie konnte die Moleküle der Luft neu zusammensetzen und verändern. Gerade so, wie es ihr beliebte. Und das konnte sie nicht nur mit der Luft. Sondern mit allem. Jeden noch so winzigen Grashalm fühlte sie unter der schweren Schneedecke, wie er sich geborgen an die Erde schmiegte und ruhte. Jeden Stein und jeden Krumen Erde, ja sogar jedes Tier, das sich in der Nähe aufhielt. Es gab nichts, was sie nicht sehen konnte. Nicht, wie man es mit den Augen sah, nein, auf energetischer Ebene. Sie konnte jeden einzelnen Baustein erkennen, ihn herausnehmen, neu positionieren, umformen. Mit anderen Worten, sie konnte alles nach ihrem Willen gestalten. Es war überwältigend und verlieh ihr göttliche Macht.

Jowna wandte ihre Aufmerksamkeit wieder ihrem Körper zu. Sie sah die gewaltsam gekappten Verbindungen in ihrem

Genick. Mit einem einzigen Gedanken verband sie diese wieder miteinander. Sofort spürte sie ihren Körper, jeden Muskel und jede einzelne Sehne. Sie schlug die Augen auf.

*

Sollte er es wagen? Nein, besser nicht. Er hatte keine Chance, an Marguerite heranzukommen. Ihre beiden Gorillas bewachten sie. Mit Glück könnte er einen ausschalten. Doch die Zeit, die er dafür bräuchte, langte Betty für einen Schutzzauber. Es war nicht der richtige Moment. Er musste sich noch ein wenig gedulden. Connlan setzte sich auf das Sofa, lehnte sich zurück und schloss die Augen. Tat so, als juckte ihn die Tatsache, dass Jowna davongelaufen war, nicht die Bohne. Doch es fiel ihm schwer, Desinteresse zu heucheln. Verdammt schwer sogar. Alles in ihm schrie danach, aufzuspringen und sich auf die Suche, nach ihr zu begeben. Doch damit würde er sich verraten und die Mission gefährden. Also blieb er sitzen und kämpfte um eine entspannte Haltung, wohl wissend, dass Marguerite ihn argwöhnisch beäugte. Die Zeit tröpfelte dahin, während Connlans innere Unruhe wuchs.

Plötzlich flog die Tür auf und die Vampire kehrten zurück. Einer nach dem anderen betrat den Raum. Connlan entdeckte Jowna über der Schulter eines ungepflegt aussehenden Vampirs hängend. Kurz vor Marguerite blieb dieser stehen und ließ Jowna von der Schulter rutschen. Mit einem dumpfen Knall schlug sie auf dem Boden auf und blieb reglos liegen. Staubwölkchen wirbelten empor. Diese Drecksschweine hatten ihr das Genick gebrochen. Zu spät bemerkte Connlan, dass er aufgesprungen war und sich ein paar Schritte vom Sofa entfernt hatte.

Sophia reichte Marguerite einen flachen Gegenstand, den Connlan als den Turmalin erkannte, den er Jowna im Austausch gegen das Giftfläschchen in die Tasche gesteckt hatte.

»Das fanden wir bei ihr«, sagte Sophia und trat einen Schritt zurück.

»Was ist das?«, wollte Marguerite wissen, während sie den Stein in der Hand hin und her drehte.

»Ein schwarzer Turmalin. Auch Schörl genannt. Ein starkes magisches Hilfsmittel, wenn man weiß, wie man es benutzen muss.«

Marguerites Kopf ruckte nach oben und starrte Sophia an. »Wofür?«

Sophia wirkte nervös. »Nun ja, er verbindet Körper, Seele und Geist zu einer Einheit. Außerdem besitzt er magnetische Eigenschaften und wehrt negative Einflüsse ab.«

»U-n-d?« Ungeduldig klopfte Marguerite mit der Fußspitze auf den Boden.

»In Verbindung mit einem Turmalin kann eine Hexe einen mächtigen Bindungszauber wirken. Sie kann die magnetischen Eigenschaften dazu verwenden, die Seele zurück in den Körper zu ziehen und sie dort verankern.«

»Soll das heißen, die Hexe …«, dabei deutete Marguerite mit einem Finger auf Jowna, »… besitzt noch ihre Seele?«

»Wäre möglich«, flüsterte Sophia. »Allerdings hätte eine andere Hexe während der Wandlung in der Nähe sein müssen, um den Zauber zu sprechen.« Beeilte sie sich noch hinzuzufügen.

Marguerite schnellte herum und fixierte Connlan mit schmalen Augen. »Du«, spie sie drohend aus, »Was hast du getan?«

»Ich? Nichts. Von dem ganzen Hokuspokus-Zeugs habe ich keine Ahnung.«

»Du lügst!«

»Nein.« Sie glaubte ihm nicht, das konnte er in ihrem Gesicht und ihren Augen lesen. Verdammt. Er war aufgeflogen. Jetzt würde er nie mehr die Chance erhalten, Marguerite zu vernichten.

»Du mieses Stück Dreck. Ich hätte mir denken können, dass du dich mir nicht anschließt. Dafür hast du dich in der Vergangenheit viel zu standhaft geweigert. Deine Kapitulation ging zu einfach und glatt vonstatten. Das hätte mich misstrauisch werden lassen sollen. Für diesen Verrat wirst du büßen.« Marguerite gab ihren beiden Gorillas ein Zeichen und sofort stürzten sie sich auf Connlan. Traktierten ihn mit den Fäusten. Er blockte die Schläge so gut es ging ab. Doch immer mehr fanden ihr Ziel. Er selbst konnte keinen Treffer landen. Wieder einmal lag ein schützendes Schild um seine Gegner. Nach ein paar vergeblichen Versuchen probierte er es nicht mal mehr, sondern konzentrierte seine Energien auf die Verteidigung. Schon bald erlahmten seine Kräfte. Sein Körper schmerzte, er schmeckte sein eigenes Blut und die Dunkelheit bedrängte ihn immer mehr, lockte ihn mit seliger Vergessenheit. Doch er konnte sich ihr nicht ergeben, was wurde dann aus Jowna?

»Schluss!« Das Wort war nicht laut gesprochen, doch gebieterisch und erfüllte den gesamten Raum, bis in die kleinste Ritze. Nur eine Millisekunde später wirbelten die beiden Schläger durch die Luft und krachten gegen die Wand. Jowna stand mitten im Zimmer wie eine Rachegöttin. Ihre Augen sprühten Funken und ihr Körper war in blaue Wirbel gehüllt. Das war unmöglich. Ein Genickbruch brauchte mindestens zwei Stunden, um zu heilen. Bei einem Neuvampir eher länger. Wie in drei Teufels Namen hatte Jowna sich so schnell davon erholen können?

»Schaltet sie aus!«, kreischte Marguerite.

Sofort traten die Vampirhexen vor. Feuerbälle bildeten sich in ihren Händen. Sie schleuderten sie gegen Jowna. Noch während des Fluges vereinten sich die glühenden Kugeln zu einer einzigen. Der Feuerball traf auf Jowna und explodierte.

Nein, Jo! Eisfinger griffen nach Connlans Herz. Die Explosion erfasste die Vampire in Jownas direkter Nähe und verwandelte sie in brennende Fackeln, die nur Sekundenbruchteile später als ein Häufchen Asche zu Boden rieselten. Inmitten der herabsinkenden Asche stand Jowna unversehrt. Wie war das möglich? Die Wirbel um ihren Körper schimmerten jetzt irisierend und waren deutlicher zu erkennen. Langsam hob sie den rechten Arm und schloss die Finger zur Faust. Schmerzlaute drangen aus den Kehlen der Vampirhexen. In einer schnellen Bewegung öffnete Jowna die Hand und die Vampirhexen explodierten. Blut und feine Gewebsteile flogen durch die Luft. Dekorierten den Boden, die Decke, die Wände und sämtliche Einrichtungsgegenstände in neuem, roten Design. Selbst an Connlan klebten die Überreste der Vampirhexen. Hysterisches Kreischen erfüllte den Raum und die noch lebenden Vampire drängten zum Ausgang. Mit einer Drehung des Handgelenks ließ Jowna sie in Flammen aufgehen. Alle bis auf Marguerite. Die stand wie gelähmt an ihrem Platz, über und über mit Blut und Gewebsteilen besudelt. Ihre Augen waren in angstvollem Grauen weit aufgerissen. In Connlans Hand materialisierte sich plötzlich ein Pflock. Erstaunt blickte er darauf nieder. »Sie gehört dir«, sagte Jowna in sanftem Tonfall.

Er schaute auf und seine Augen wanderten von Jowna zu Marguerite. Wie lange hatte er sich diesen Augenblick herbeigesehnt? Seit Jahrhunderten. Seit Marguerite ihm ein zweites Mal alles genommen hatte. Heim und Menschen, die er liebte. Brenda und Angus. Ganz zu schweigen von der jahrelangen Folter, die sie ihm hatte angedeihen lassen. Schritt um Schritt ging er auf sie zu. Marguerites Mund war aufgerissen, doch kein Laut drang über ihre Lippen. Vermutlich hinderte ein Zauber von Jowna sie daran. Ihre Augen bettelten ihn um Gnade an. Es war das erste Mal, dass er sie in einer solchen Verfassung sah. Doch er hatte kein Mitleid mit ihr. Genauso wenig wie sie jemals einen Funken Mitgefühl ihren Opfern entgegengebracht hatte. Sie war ein kaltes, sadistisches Miststück.

Und sie verdiente den Tod. Er stieß zu. Beobachtete, wie sich rund um den Pflock rote Glut wie ein Lauffeuer über Marguerites Körper ausbreitete, um schwarzverkohltes Fleisch zurückzulassen, das letztendlich zu Asche zerfiel. Mit einem hölzernen Klackern kam der Pflock auf den Dielen zum Liegen.

Vorbei. Endlich.

Nie wieder würde Marguerite ihm etwas antun können. Ihm oder den Menschen, die er liebte. Connlan wandte den Kopf zu Jowna. Ein Lächeln lag auf ihrem Gesicht. »Du siehst scheußlich aus«, meinte sie belustigt.

Sein Blick wanderte an sich hinunter. Ja, er sah wenig appetitlich aus. Jowna hob die Hand und wischte einmal durch die Luft. Sofort war er von den Überresten der Vampirhexen befreit.

»Schon besser«, sagte Jowna. »Und jetzt zu deinen Verletzungen.« Sie legte ihre Hände seitlich an sein Gesicht und schloss die Augen. Kribbelnde Wärme breitete sich von den Stellen aus, floss durch seinen Körper und nahm die Schmerzen mit sich.

*

Jowna öffnete die Augen und begegnete Connlans. Es lag so viel Kummer darin und Bedauern – und Angst und noch etwas, das sie nicht deuten konnte. Noch immer lagen ihre Hände seitlich an seinem Kopf und hielten ihn fest. Langsam näherte sie ihr Gesicht dem seinen, bis sich ihre Lippen berührten. Connlan riss die Augen auf. Sie konnte Überraschung darin lesen und dann verhalten Hoffnung. Sanft löste sie sich von ihm und blickte sich im Raum um. Was für eine Sauerei. Sie seufzte. Vielleicht hätte eine weniger aggressive Vorgehensweise es auch getan. Doch sie war so in Rage gewesen, als sie die beiden Gorillas auf Connlan hatte einschlagen sehen. »Du hast ein ganz schön gefährliches Spiel gespielt.«

»Ich weiß. Und es tut mir leid, glaub mir. Ich war ein solcher Idiot. Doch als ich mich besann, warst du schon mit Dennis auf dem Weg hierher. In aller Eile haben Rachel und ich einen neuen Plan ersonnen. Das größte Risiko bestand darin, Rachel bei der Wandlung in deine Nähe zu bringen, damit sie den Bindungszauber sprechen konnte, ohne dass die Vampire sie entdeckten.«

»Was euch offenbar gelungen ist.«

Connlan grinste. »Offenbar.«

»Wir sollten sämtliche Spuren beseitigen. Nicht, dass noch jemand auf falsche Gedanken kommt, sollte er zufällig hier hereinstolpern.«

Connlan nickte. Gemeinsam traten sie nach draußen. Jowna erwärmte die Moleküle der Luft im Haus, bis überall Flammen an dem Gebäude leckten. Sie blieben, bis alles auf die Grundmauern niedergebrannt war, dann kehrten sie dem Nowek Anwesen den Rücken.

Jowna zögerte. Sollte sie wirklich klingeln oder wäre es nicht besser umzudrehen? Sie warf einen schnellen Blick zurück.

Connlan lächelte ihr aufmunternd zu. Also nahm sie ihren Mut zusammen und drückte auf den Knopf. Nur kurz darauf wurde die Tür aufgerissen. Rachel blieb wie erstarrt stehen und in ihren Augen sammelten sich Tränen.

»Hallo Rachel«, flüsterte Jowna scheu.

»Oh Gott sei Dank, Kind, dir geht es gut. Komm …«

»Warte«, unterbrach sie Rachel schnell. »Bist du sicher, dass du die Einladung aussprechen willst?«

»Komm schon rein und hör auf, dämliche Fragen zu stellen.«

Ein warmes Glücksgefühl durchströmte Jowna. Kaum hatte sie den Fuß über die Schwelle gesetzt, lag sie schon in Rachels Armen und wurde fest gedrückt. Mias Arme schoben sich dazwischen und zogen sie von Rachel fort. Kurz darauf lag sie in Olgas, danach in Kathrins und zu guter Letzt in Dennis' Armen.

»Ich nehme an, die Vampirhexen sind Geschichte?«, fragte Rachel mit belegter Stimme.

Anscheinend kämpfte sie noch immer mit den Tränen.

Jowna nickte. »Ich bin die einzig noch existierende Vampirhexe.«

»Hattest du große Schwierigkeiten mit ihnen?«, wollte Mia wissen.

»Jetzt lasst Jo doch erst mal richtig reinkommen, bevor ihr sie mit Fragen löchert«, mischte sich Dennis ein.

»Aber natürlich. Es tut mir leid, Jo, komm, lass uns ins Wohnzimmer gehen. Möchtest du irgendetwas trinken?«

»Deinen Kräutertee, Mia. Das wäre wundervoll.«

Mia nickte und eilte in die Küche, während Jowna zusammen mit dem Rest ins Wohnzimmer hinüberging. Sie hatte es sich kaum im Sessel bequem gemacht, da erschien Mia auch schon mit dem Kräutertee. Eilig stellte sie die Tasse auf den Tisch und setzte sich auf den freien Platz. Fünf Augenpaare blickten Jowna erwartungsvoll an.

Jowna holte tief Luft und fing zu erzählen an. Erst zögerlich, doch dann sprudelte alles aus ihr heraus und sie ließ nichts aus.

»Du meine Güte«, rief Rachel sichtlich erstaunt, als Jowna geendet hatte. »Deine Fähigkeiten gehen weit über den sechsten Rang hinaus. Ich würde sagen, du hast einen noch nie da gewesenen Rang erreicht. Einen siebten.«

Einen siebten Rang, wie sich das anhörte. So viel Macht war beängstigend. Hoffentlich würde sie diese nie missbrauchen. In nächster Zeit musste sie mit den anderen einen Plan entwerfen, mit dessen Hilfe sie aufgehalten werden konnte, sollte sie je größenwahnsinnig werden. Sie spürte Connlans Blick und drehte den Kopf in seine Richtung. Er sah nachdenklich aus. Plötzlich erhob er sich und wandte sich mit einer entschuldigenden Miene an Rachel und Mia. »Ich muss euch jetzt leider verlassen, denn so langsam bekomme ich Hunger. Was ist mit dir, Jo?«

Jetzt wo Connlan es erwähnte – ja, auch bei ihr regte sich Hunger. Immerhin hatte sie bisher lediglich eine Blutkonserve zu sich genommen, nicht sonderlich viel. Außerdem war das schon Stunden her. Also nickte sie und erhob sich.

*

»Hier.« Connlan reichte Jowna zwei Konserven. »Wenn du danach immer noch hungrig bist, sag es ruhig. Ich habe genug vorrätig.«

»Danke.« Sie nahm die Beutel und riss eine Ecke ab. Nach dem ersten Schluck verzog sie angewidert das Gesicht.

Ja, daran musste man sich erst gewöhnen. So kalt schmeckte Blut eben nicht besonders, das wusste er nur zu gut. Ihr Blick glitt in die Ferne, nur um kurz darauf wieder aufzuklaren, dann führte sie den Beutel erneut an die Lippen. Ihre Augen schlossen sich und sie stieß ein genießerisches »Mmhh, schon besser« aus.

Er runzelte die Stirn. Jowna öffnete die Lieder und konzentrierte ihren Blick auf die Konserve in seiner Hand. Das Blut erwärmte sich bis auf Körpertemperatur. Unglaublich. Wie war das möglich? Obwohl, für Jowna war es höchstwahrscheinlich ein Kinderspiel. Wer aus dem Nichts ein solches Feuer wie auf dem Nowek Anwesen entfachen konnte, dem bereitete das Erwärmen einer Flüssigkeit keine Schwierigkeiten. Er nahm einen Schluck. Es schmeckte perfekt, aber er verspürte keinen großen Appetit. Also legte er den Beutel beiseite.

»Möchtest du nicht mehr?« Sehnsüchtig betrachtete Jowna die Konserve.

»Nein, du kannst es haben.«

Jowna strahlte und schnappte sich den Beutel. Diesmal trank sie langsam, genoss sichtlich den Geschmack. Ein Blutstropfen bahnte sich seinen Weg seitlich am Mundwinkel hinab. Wie hypnotisiert starrte er darauf. Wie es wohl wäre, ihn mit der Zunge aufzufangen? Seiner Spur nach oben zu folgen über ihre Lippen, hinein in den Mund, um einen Raubzug im Inneren der Höhle zu starten. Mit der Zungenspitze fischte sie nach dem Tropfen. Hitze schoss in seine Lenden und er wandte sich abrupt ab. Tief atmete er ein paar Mal durch, um seinen rasenden Herzschlag zu beruhigen. Wie konnte er nur jetzt an so etwas denken? Zwischen Jowna und ihm stand es nicht gerade zum Besten. Er schuldete ihr eine Erklärung und vor allem eine Entschuldigung.

Auch wenn es ihn noch so viel Überwindung kostete, wollte er reinen Tisch machen.

Endlich legte Jowna den geleerten Beutel beiseite. Jetzt oder nie. Er nahm noch einen tiefen Atemzug, dann suchte er ihren Blick. »Ich möchte mich bei dir entschuldigen, Jo. Mein Verhalten dir gegenüber war …« Er rang um das richtige Wort.

»Mies … gemein … unentschuldbar?«, half sie ihm weiter.

Beim letzten Wort zuckte er zusammen. »Ja«, gab er kleinlaut zu.

»Weißt du, ich war wirklich sauer auf dich, als ich dachte, du verrätst mich an Marguerite, und am liebsten hätte ich dich gepfählt. Aber soll ich dir verraten, was mich am meisten verletzt hat?«

Connlan schluckte. O ja, er wusste es ganz genau. Das war der Moment, vor dem er sich gefürchtet hatte. Ein imaginärerer Fleck am Boden fesselte seine Aufmerksamkeit.

Feigling. Jetzt steh endlich zu deinen Entscheidungen.

Was sollte schon passieren? Mehr als ihm den Kopf abreißen konnte Jowna schließlich nicht. Er blickte auf, direkt in ihre Augen. Smaragdgrün mit hellen Lichteinschlüssen. Wie er diese Augen liebte. »Als ich Marguerite küsste.«

Jowna nickte.

»Ich konnte mich ihr nicht entziehen, sonst wäre alles umsonst gewesen. Glaube mir, es hatte nichts bedeutet.«

»Ich weiß. Das heißt, es wurde mir zu dem Zeitpunkt klar, als mir bewusst wurde, dass ich meine Seele noch besitze.«

Ihre Worte entfachten einen winzigen Hoffnungsfunken in ihm. »Schön, das zu hören. Vielleicht kannst du mir ja irgendwann verzeihen.«

»Idiot. Das hab ich doch schon. Ich dachte, ich hätte das deutlich gemacht, als ich dich küsste.«

Sein Herz machte einen Freudensprung. Doch sein Verstand zweifelte noch an ihren Worten. »Ich war mir nicht sicher.«

Jowna trat dichter an ihn heran. Der Duft von Pfirsich mit einem Hauch Vanille umwehte ihn. »Vielleicht sollte ich dich noch einmal küssen, damit sich auch deine letzten Zweifel zerstreuen.«

Ein Lächeln stahl sich auf seine Lippen. »Ja, vielleicht solltest du das.«

Jowna trat einen weiteren Schritt an ihn heran, dann drückte sie ihre Lippen kurz auf seine. Unbändiges Verlangen brandete durch seine Adern und es fiel ihm schwer, sie nicht an sich zu reißen.

»Und?«, fragte sie mit Unschuldsaugen. »Hat's geholfen?«

Connlan wiegte den Kopf und tat so, als müsse er angestrengt darüber nachdenken. »Ich weiß nicht recht. Die Berührung deiner Lippen war viel zu kurz, als das sie alle meine Bedenken vertreiben konnten.«

»Soso. Na, da muss ich es wohl oder übel wiederholen.«

»Mhmh, wohl oder übel«, murmelte Connlan und schlang einen Arm um ihre Taille und presste sie fest an sich. Heißhungrig senkte er seine Lippen auf ihre. Bereitwillig ließ Jowna seine Zunge ein und empfing sie zu einem wilden Tanz. Sie stöhnte, rieb ihren Körper aufreizend gegen seinen. Hitzewellen durchströmten ihn und seine Hose wurde eng. Ihre Finger glitten über seine Schultern, den Nacken entlang und wühlten sich ins Haar. Mehr. Er wollte mehr. Wollte sie ganz besitzen. Wollte ihren Geschmack tief in sich aufnehmen. Wollte sich in ihr verlieren. Er brauchte sie.

Mit einer ungeduldigen Geste zerrte er ihr Sweatshirt über den Kopf. Mmhh, wie sie duftete. Er setzte eine Reihe federleichter Küsse ihren Hals hinab, übers Dekolleté, bis er das

Tal zwischen den Brüsten erreichte. Er streifte die dünnen BH-Träger von ihren Schultern und schob die zarte Spitze beiseite. Mit der rechten Hand umschloss er eine Brust. Knetete und zwirbelte mit den Fingerspitzen die steil aufgerichtete Knospe, während er die andere mit den Lippen, der Zunge und den Zähnen reizte. Jowna stöhnte und drängte sich näher an ihn. Heiße Lava schoss durch seinen Körper und sammelte sich in seinen Lenden. Sein Glied drückte schmerzhaft gegen den Stoff. Verlangte nach Freilassung. Er ignorierte es. Stattdessen glitt er mit den Händen über die weiche Haut ihres Bauches, schob die Finger zur Hälfte in den Bund und öffnete die Hose mit einem Ruck. Ein reißendes Geräusch zerschnitt die Stille und klimpernd fiel der Knopf zu Boden. Langsam wanderte er mit den Lippen abwärts.

Gott, wie sehr er das vermisst hatte. Er befreite Jowna von Jeans und Slip. Sein Mund eroberte ihren Venushügel. Seine Zunge tauchte ab in die feuchte Spalte zwischen ihren Beinen und leckte über die harte Perle.

»Oh Gott, Mac«, hauchte Jowna heiser und ihre Finger krallten sich in sein Haar, zogen seinen Kopf näher an ihre Scham. Davon angestachelt drang er mit der Zunge in sie und Jowna stieß einen spitzen Schrei aus.

Connlan kam auf die Beine, hob Jowna empor und setzte sie auf den Rand der Tischplatte. Verlangend küsste er sie, lieferte sich ein heißes Duell mit ihrer Zunge. Er konnte nicht klar denken und die Welt um ihn herum drehte sich. Ihr Geschmack und ihr Duft machten ihn trunken, berauschten seine Sinne. Er bekam einfach nicht genug. Ihre Finger öffneten seine Jeans und schoben sie über die Hüfte, dann schlossen sie sich um sein Glied, bewegten sich sanft auf und ab. Connlan stöhnte in ihren Mund und der Druck ihrer Finger verstärkte sich. Helle Farbblitze zuckten über seine Lider. Schweißperlen bildeten sich auf seiner überhitzten Haut.

»Komm«, hauchte Jowna in sein Ohr. »Ich will dich spüren, tief in mir.«

Seine Seele jubelte. Sie wollte ihn. Ob für immer, wusste er nicht, doch es war egal. Jowna wollte ihn jetzt und das war alles, was im Moment zählte.

Mit einem Stoß drang er in sie ein. Feuchte Enge umschloss ihn. Das fühlte sich gut an. Und vor allem richtig. Sie gehörte ihm. Ihm allein. Ihre Beine umschlangen seine Hüften und heiße Hände strichen scheinbar überall gleichzeitig über seinen Körper. Fachten ein Feuer in seinem Inneren an, das ihn zu versengen drohte. Seine Stöße wurden härter und schneller. Sein Atem kam stoßweise, genau wie Jownas. Immer wieder drangen lustvolle Laute über ihre Lippen, spornten ihn zu einem noch schnelleren Rhythmus an. Ihre Muskeln zogen sich immer enger um sein Glied, bis er schließlich explodierte.

Erschöpft und schweißnass sank er auf sie nieder. Alles in ihm jubilierte. Er fühlte sich glücklich und vollkommen. Zärtlich strich er eine Locke aus Jownas Gesicht. Ihre Haut war gerötet, die Lippen geschwollen und in ihren Augen stand ein Glanz, der selbst das Strahlen der Sonne in den Schatten stellte. Er wollte sich sanft zurückziehen, doch Jowna hielt ihn mit überkreuzten Beinen gefangen. »Bleib«, murmelte sie.

Er ließ sich wieder herabsinken und stütze das meiste seines Körpergewichts auf einen Ellenbogen. Nur zu gern blieb er, wo er war. Jowna schenkte ihm ein Lächeln, das ein Kribbeln über seine Haut jagte. Er küsste ihre Nasenspitze, ihre Mundwinkel und dann ihr Ohrläppchen. »Tha gaol agam ort.«

Jowna rückte ein Stück von ihm ab und suchte seinen Blick. »Was bedeutet das?«

»Ist das wichtig?«

»Mhmh«, überlegte sie, »ja. Du hast es schon einmal zu mir gesagt. Ich wüsste gerne, was es heißt.«

Plötzlich fühlte Connlan sich verletzlich. Er befreite sich aus Jownas Umarmung und setzte sich auf, den Rücken zu ihr gewandt beugte er sich nach vorne und vergrub das Gesicht in den Händen. Er hatte Angst vor ihrer Reaktion, wenn sie wusste, was die Worte bedeuteten. Warum hatte er sich auch dazu hinreißen lassen, sie auszusprechen?

»Mac?«

Sanft strich eine Hand seinen Rücken hinauf, umfasste seine Schulter und drehte ihn ein Stück nach hinten zu Jowna herum.

»Sieh mich an«, forderte sie sanft, doch bestimmt.

Er hob den Kopf und blickte in ihre Augen.

»Ich liebe dich, Mac.«

Sein Herz machte einen Satz und pochte dann wild gegen die Rippen. Hatte er sich verhört? Nein … oder?

Zärtlich strich sie über seine Wange. »Du hast schon richtig gehört, ich liebe dich.«

Konnte sie jetzt auch noch Gedanken lesen? Egal. Stürmisch zog er sie in die Arme. Konnte es noch immer nicht fassen, dass sie seine Gefühle erwiderte. »Und ich liebe dich. Genau das bedeuten die Worte. Tha gaol agam ort. Ich liebe dich.«

Ein Lächeln erhellte Jownas Gesicht. »Für immer und ewig.«

»Für immer und ewig«, schwor er.

2019

»Mac«, schrie Jowna die Treppe hinauf. »Jetzt mach schon. Wir kommen sonst noch zu spät. Dennis und Kat sind bereits aufgebrochen.«

Zwei Sekunden später tauchte Connlan neben ihr am Fuße der Treppe auf. »Hetz doch nicht so. Ohne uns können sie doch gar nicht anfangen.«

Gott sah er gut aus in dem dunkelgrauen Anzug. Das Haar trug er heute zurückgebunden, was sein kantiges Kinn betonte. Er drückte ihr einen Kuss auf den Nacken, was ihr einen wohligen Schauer über die Haut jagte. »Wir müssen noch Paps und Onkel Li abholen.«

»Nein, müssen wir nicht. Malcom rief vorhin an und meinte, er würde selbst fahren, da er vorher noch etwas erledigen müsse. Und da es auf seinem Weg läge, nähme er Li mit.«

»Oh! Und wann gedachte der Herr mir das mitzuteilen?«

Ein spitzbübisches Grinsen kräuselte seine Lippen.

»Na jetzt.«

Sie verdrehte die Augen. »Du bist unmöglich.«

»Genau deswegen liebst du mich.«

»Nimm dir mal nicht so viel raus, mein Freund. Ich bin mir noch immer nicht sicher, ob ich dir nicht doch ein Pflock durchs Herz jagen soll.«

Connlan lachte und schlang einen Arm um ihre Schulter. »Als wenn du deinen Ehemann pfählen könntest, mo chridhe.«

Jowna seufzte geschlagen. Der Kerl war sich ihrer viel zu sicher. Sie schmiegte sich an ihn.

»Es gefällt mir aber nicht, wenn wir als Letzte ankommen.«

»Warum trödelst du dann so?«

Sie knuffte ihm in die Seite, was einen weiteren Lachanfall bei Connlan auslöste.

Zwanzig Minuten später betraten sie das Kirchenschiff. Als Letztes. Der Rest von ihrer Familie stand bereits um das Taufbecken und blickte ihnen erwartungsvoll entgegen. »Tut uns leid«, sagte Jowna anstelle einer Begrüßung.

»Ihr seid auf die Minute pünktlich«, antwortete Dennis und legte Connlan den kleinen Angus in die Arme, während Kathrin Jowna die kleine Isobel übergab.

Die Zwillinge bildeten den neuesten Zuwachs der Familie.

Ihrer und Connlans Familie. Sie blickte strahlend in die Runde. Entgegen ihren damaligen Befürchtungen hatte sie nämlich nicht einen verloren. Sie hatte sogar endlich den Mut aufgebracht und Paps die Wahrheit erzählt. Er hatte daran zwar ein wenig zu knabbern gehabt, doch letztendlich war es ihm egal gewesen. Außerdem hatte er sich sofort mit Connlan verstanden und als dieser um ihre Hand anhielt, gab er ihnen ohne zu zögern seinen Segen. Das Vampirdasein war gar nicht so schlimm. Ganz im Gegenteil. Als Mensch hätte sie auch nicht glücklicher sein können.

Und Uckersheim war noch nie so sicher vor Vampirangriffen gewesen wie zum Zeitpunkt nach ihrer Verwandlung.

Ende

Danksagung

Ich möchte mich bei meiner Familie für ihr Verständnis bedanken, wenn ich mal wieder in andere Welten abtauche und nur schwer zurückzuholen bin. Ohne eure Unterstützung und Rückhalt wäre ich nie so weit gekommen.

Ebenfalls einen herzlichen Dank an meine Testleserinnen Ute Bareiss, Nicole Botzem, Sabine Fischer, Leene, Ilona Schmidt und Karin Seemayer. Ihr seid unbezahlbar.

Meinen ganz besonderen Dank gilt dem
Deutsche Schriftstellerforum (DSFo).
Ihr seid spitze, macht weiter so.

Britta Strauss
Indigo und Jade
ISBN: 978-3-931989-93-4
Softcover, EUR 14,90

Als die heimatlose Jade nach einem misslungenen Diebstahl von den Häschern der grausamen Königin Scylla gefangengenommen und misshandelt wird, glaubt sie, ihr Dasein sei zu Ende. Halbtot in den von gefährlichen Kreaturen bevölkerten Wäldern ausgesetzt, schließt sie mit ihrem Leben ab.
Doch Indigo, ein mysteriöser Vagabund, scheint nur auf sie gewartet zu haben. Er rettet Jade das Leben und zwingt sie dazu, an seiner Seite auf eine lange Reise zu gehen. Eine Reise voller tödlicher Gefahren, deren Sinn und Ziel sie nicht kennt.
Tausend Geheimnisse umgeben Indigo,
unzählige Feinde verfolgen seine Spur.
Jeder Tag und jede Nacht machen Jades Reisegefährten nur noch rätselhafter, doch sie ist entschlossen, die Wahrheit über ihn herauszufinden.

Sandra Bäumöer
Feenglut
ISBN: 978-3-931989-71-2
Softcover, EUR 14,90

Die Schwertkämpferin Kayla führt ein entbehrungsreiches, aber freies Leben. Zusammen mit ihrer Schwester Naias zieht sie von Arena zu Arena, um ihrer beider Lebensunterhalt zu bestreiten. Während die eine Schwester eine außergewöhnliche Kriegerin ist, vermag die andere durch Magie zu heilen.
Naias Gabe muss jedoch ein Geheimnis bleiben.
Als Kayla in der Arena von Ro'an zu ihrem bisher schwersten Kampf antritt, nimmt das Schicksal seinen Lauf.
Naias gerät in Gefahr und Kayla verliert ihre Freiheit.
Doch welche Rolle spielt der geheimnisvolle Krieger, dem sie während der Kämpfe in Ro'an immer wieder begegnet?

DRACHENMOND VERLAG

BÜCHER MIT HERZBLUT